寿山吟

黄仲基 著

时代出版传媒股份有限公司
安徽文艺出版社

图书在版编目（ＣＩＰ）数据

寿山吟 / 黄仲基著. -- 合肥 ： 安徽文艺出版社，
2025. 1. -- ISBN 978-7-5396-8264-8

Ⅰ. I227

中国国家版本馆 CIP 数据核字第 2024CF4941 号

寿山吟
SHOU SHAN YIN

出 版 人：姚　巍
责任编辑：胡　莉　　　　　　封面设计：李　超
....
出版发行：安徽文艺出版社　　www.awpub.com
地　　址：合肥市翡翠路 1118 号　　邮政编码：230071
营 销 部：(0551)63533889
印　　制：永清县晔盛亚胶印有限公司　　(0316)6658662
....
开本：700×1000　1/16　印张：13　字数：130 千字
版次：2025 年 1 月第 1 版
印次：2025 年 1 月第 1 次印刷
定价：69.50 元
....

　　黄仲基，号抱一山人，申古堂主，安徽省东至县人。1984年毕业于安徽师范大学政教系。2009年古诗文作品入选"百年西泠"大展并获奖，2016年举办个人书法展。先生自谓道人，其次诗人，再次书人、画人。著有诗词文集《寿山藏语》、诗集《寿山诗解会盛唐》《寿山诗雨洗秋云》、书法书论集《寿山新笔汲古图录》等。

目 录

卷一　诗

（2006 年 11 月至 2019 年 10 月）

寿
山
吟

初冬寄语

灵心一点不须寻，自掩柴门自策勋；
一梦开图翻手笔，玉山^①不屑借青云。

2006 年 11 月 20 日

寿山·初阳

寿山磅礴，横天静卧；
琼蕊满山，精气勃勃；
我与对之，神交意合；
时时采之，炼我魂魄。
初阳入室，欣欣诺诺；
亲我素壁，抚我书桌；
悄然无言，霭霭虚和；
但见流光，照彻石火；^②

---

① 玉山：玉峰山，又名寿山（上有"寿"字摩崖石刻），处安徽东至县城东侧。

② 流光、石火：刘磐老人赠吾诗条屏中语。

字字雷鸣，荡我肺腑；

铁砚飞龙，毛锥起舞；

观音含笑，佛瓜鼓肚；

随影潜声，欲离还住；

恍兮惚兮，此境难摹；

室外喧嚣，不见踪何；

渺渺余怀，飞梦溟漠。

2006 年 12 月 21 日

自　识

自识弥陀慧眼开，何须万里觅蓬莱；
平常物遇拈花笑，妙相台空任剪裁。

2006 年 12 月 23 日

滴水寺^① 清潭

白练飞空出古壁，凉生小雾清心息；

抽身翻悟玄机妙，潭影光收空自碧。

2006 年 12 月 23 日

卜　居

久卜梅公亭^②下居，四围青嶂一堂书；

蓬门不掩冰壶影，好梦常梳宝剑孤。

抱素何辞消骨瘦，问心岂肯做凡夫？

且从兰芷荐春意，收拾光芒入画图。

2007 年 1 月 2 日

① 滴水寺：在东至县城附近。

② 梅公亭：纪念北宋梅尧臣之亭。梅尧臣曾在此地宰建德县四年。亭建于白象山侧，今已毁。吾居所距遗址不足百米。

千年古城^①之叹

梅公亭毁草冲冲，草畔飞楼^②不见踪；

岁月不堪人事搅，真经莫解世间疯。

文心梦失水云掩，玉管声微草树封；

坐看水穷人已忘，状元桥下哭蛟龙。

2007年1月3日

避　俗

避俗何须寻隐山，自藏自出即仙家；

漫游真道开心海，独拟虬松并屋遮。

静引松风嘘太古，闲梳针叶吐云霞；

枝枝化作龙蛇护，守我笔头思梵花。

2007年1月5日

———————

① 吾居地梅城乃历代古县府治所，古迹颇多，今已全毁。
② 飞楼：代指文庙。

寿山吟^①

我所思兮在寿山，双峰并立可摩天；
上有祥云周边环，下有孤客仙乎仙；
日日相伴手足连，夜夜相思梦魂牵。
此山本是龙首尖，尾接苍茫南海边；
不知何故犯天愆，荒卧此地千古闲。
天道无情日总圆，一朝文星坠山间；
初闻盈息见汗漫，复起秀色整衣冠；
绵绵千里动波澜，踽踽昂头向天攒；
神光四溢意翩翩。
我与寿山多奇缘，入住此山二十年；
年年河柳挂秋蝉，时时看山时时鲜。
寿山磅礴多蜿蜒，供我啸傲走山巅；
抻我肺腑作砚田，壮我魂魄度寒川；
寿山精灵化紫烟，洗我骨髓养我颜；
山涧汩汩响流泉，濯我缨带亲绵绵；
泉边幽篁独暄妍，发我酒狂^②清心弦；
平顶古松似龙蟠，邀我醉时伴尔眠。
与山兴会真无前，遍采琼蕊写诗篇。

2007 年 1 月 7 日

---

① 此诗句句押韵，谓柏梁体。
② 酒狂：《酒狂》，古琴曲。

江　城①

恨起江城是何年？天堂原与地曹连；
愁肠枉结日当顶，病眼空遭月正圆。
星共无明三色暗，魂随梦断五更寒；
我来江渚无他事，坐化南华第二篇②。

2007 年 1 月 9 日

秋之忆

王生寄语赭山③陲，一夜西风暗紫微；
鸿雁只从愁里听，云山枉自喜中飞。
徒将槁木催春绿，直向死灰作泪垂；
几度亡魂招瘦骨，晴明留取动心扉。

2007 年 1 月 10 日

---

① 江城：芜湖，吾之母校安徽师范大学所在地。吾当年病魔缠身，九死一生。
② 南华第二篇：指《庄子·齐物论》。
③ 赭山：安徽师范大学所在地。

咏黄宾虹山水画

心香一炷墨浑沉，造我庄严大化身；

古韵流慈情湛寂，生机沸引愿缤纷。

天工岂辨人工巧？心象难夺墨象真；

颠倒纵横谁得似？以狂入圣散方僧。

2007 年 1 月 15 日

观南宋苏显祖《风雨归舟图》[①]

世人千载说纷纷，不好梅花古衲心；

体性非关空绝想，穷思莫辨渺茫音。

孤海二蛟[②] 起末宋，众芳一夕下东瀛[③]；

漫漫风雨归舟路，诱我山人入浦深。

2007 年 1 月 19 日

---

① 《风雨归舟图》：此画近年惊现于古徽州之地。吾所及之画史均无苏显祖之条目或图录，此画若是真迹，则可填补中国画史之空白。

② 二蛟：指苏显祖、牧溪。牧溪与苏同时，亦画家。

③ "众芳"句：苏显祖之画风在日本似有所传承，如雪舟、雪村之树法。至于牧溪对日本画风的影响则无疑是巨大的，被誉为"日本画道的大恩人"（见《日本国宝全集》第六辑〈解说〉）。其画大多存于日本，中国所存极少，而在中国继承者更是寥寥。苏显祖、牧溪之薪火东传日本，在中国却几近失传，大抵是不争的事实。

拟梅尧臣宰建德县

寿山穆穆浴春晖，兰水清清映素眉；
城里疏烟眠古柳，郭边凡鸟恋官闱①。
墙低好送翠竹影，讼少长思明月杯；
欲问梅公何去所，东溪携老正扶犁。

2007 年 1 月 20 日

书坛佛事之叹

笔线错开文字禅，性源不见空斑斓；
何来妙证廓神理？仅胜浅闻坐井蛙②。
有道失迷二执境③，无心断隔三重关④；
书坛最叹佛心事，处处供人作钓滩。

2007 年 1 月 25 日

---

① 官闱：此处特指县衙。
② "蛙"用宽韵。此集其他处用宽韵将不再说明。
③ 二执境：我执、法执。
④ 三重关：三种由低到高之参禅境界。

二禅共进

浑沦欲识佛中娃，时节因缘两莫差；
知解八旬犹得脚[1]，从缘三十见桃花[2]。
渐修当合岁月老，顿悟方投缘分家；
南北二禅共进影，暂时歧路莫龃牙。

2007 年 1 月 25 日

千峰顶上

玄关金锁百重围，陷虎迷狮亦可摧；
篯嚣流光通橐籥[3]，真钩本分仗钳锤[4]。
直捷空尽万般法，孤峻不留一径泥；
独脱宗纲浑不觉，千峰顶上了云霓。

2007 年 1 月 26 日

---

[1] "知解"句：关从谂禅师修行事。
[2] "从缘"句：关灵云禅师悟道事。
[3] 橐籥：见《道德经》，此处喻本源或真性。
[4] 钳锤：比喻严格修行。

迎 春

来往又翻花柳新，东篱立立待青藤；

清歌缓送人行意，细雨绵侵日色昏。

岂有寒门招贵客？一从名利甩边城；

笔头长许清闲客，留与寿山共此生。

2007 年 1 月 31 日

拟王维邀游 [①]

北涉灞玄游子冈 [②]，涟涟辋水漾清月；

村墟春夜散疏钟，远火寒林多爇灭。

草长春飞鲦戏水，陇深朝雊唤声切；

此中真趣君知否？莫负天机清妙绝。

2007 年 2 月 2 日

[①] 本诗据王维《山中与裴秀才迪书》文吟之。
[②] 灞玄：灞水深黝之意。子冈：华子冈。

论韩愈 ①

地火冲飞惊鬼域，一声奇怪入高云；
寒星呛雨千山吼，正脉流伤众水嗔。
郁郁长风雄太古，茫茫九派曲成文；
送穷岂辨固穷理？狡狯文心不忍存。

2007 年 8 月 5 日

文心石 ②

作易星盘天头裂，半爿入怀润且热；
终归人事究阴阳，重整洛书合日月。
文挑星悬向阳飞，珠联璧照清夜彻；
袖里乾坤面面观，一石参破蟾宫穴。

2007 年 8 月 9 日

---

① 在唐宋八大家中，吾最服膺韩愈。
② 此石从梅城河拾得，极似阴阳线裂开之半个太极图，嵌有一颗圆玉石，其上赫然立一天然"文"字，结体修长，篆意十足。

复　性

心如幻化师，能出千万境；
无相^①以受生，和彩分别性。
老氏婴行^②孤，几人得正命？
吾志在返求，寥廓秋风劲。

2007 年 8 月 12 日

写战国楚简

简牍毫端注楚魂，蒙庄曳尾^③探江春；
巫咸降夕聊新语，山鬼折芳遗故人。^④
文并风骚^⑤裁一象，字分秦楚转双轮；
家山赐我江流阔，笔下行船放野云。

2007 年 8 月 16 日

---

① 无相：指道家理念。出自《老子》第十四章。
② 老氏婴行：指道家的修行境界。出自《老子》第十章。
③ 蒙庄曳尾："龟曳尾"寓言，出自《庄子·秋水》。
④ "巫咸"二句：从《楚辞》中化出。
⑤ 风骚：风与骚乃两种文学样式。风以《诗经》为代表，骚以《楚辞》为代表，一现实，一浪漫。

答胡志超、彭子威二位恩师 [1]

天生皮相欲何之？久挂秋风惑所思；
深恩愧对云楼说，恶世羞从屠钓窥。
野鸟声烦人畏醒，碧潭獭笑水知悲；
由来不屑问肥瘦，只合光从愚谷飞。

2007 年 8 月 20 日

聚宴问答

开樽阔别喜相逢，款款秋云阻大风；
老眼频开山色妙，蓬心久困气深雄。
清音梦断繁华里，大化功移冷月中；
沧海自深人自醒，诸心可与我心同？

2007 年 8 月 28 日

---

① 胡志超、彭子威二位是吾高中时期的恩师，对吾栽培有加。但志由天定，事不由人，吾愧对恩师耳。此诗是对吾20世纪80年代某个时期心境的追忆。

无　题

秋光漠漠雨漓漓，凋尽江南鸟不知；

渔父也游溪下月，山僧所好肉中肥；

青云缝滞窥梁燕，宝剑锋迷笑砺痴；

缘木子陵^①长钓水，黑鱼跳上南山^②陲。

2007 年 9 月 3 日

闲　身

众鸟高飞无尽期，独留孤峻挂山崖；

曾言菊伴三荒地，无那风逃五柳家。

秋水无心云入画，青山失意雁飞霞；

梅公亭畔清波若，落个闲身好浣纱。

2007 年 9 月 5 日

---

① 子陵：严光，字子陵。
② 南山：终南山。

陋室吟

平居陋室对高楼，明月偏从陋室游；
月助诗思能醉酒，秋摇兰水胜操舟。
闲兴丘壑独相许，随意春芳自可留；
可笑蜗牛角上事，南冠争破苦为囚。

2007 年 9 月 6 日

咏桂花二首

绿　叶

绿叶丛中淡淡香，珍珠粒粒细微黄；
此花不与春花落，并作秋声发皖江。

满　树

满树银花压紫栏，落英岂上五辛盘？
高情不散留香久，供我临窗日日餐。

2007 年 9 月 10 日

达 生

悦生恶死无暇思，破灶衔苇似谪居；

道义不行休问卜，鳞鸿虽便莫修书。

梅公亭畔秋风老，浦水泓中锦叶疏；

圣事昂藏多雨露，几时落寞便踟蹰？

2007 年 9 月 14 日

游唐山寺 ① · 寻释觉正踪迹不遇

风烟裹粟辨心香，禅境行留好自闲；

双璧 ② 随缘寻旧旅，千花不遇礼秋山。

寺门徒就碑边闭，云径枉从鸟道还；

我得上人空色相，真心无处复无关。

2007 年 9 月 25 日

---

① 唐山寺：在安徽省东至县城附近。

② 双璧：吾曾得释觉正民国时期所持诵之古版《阿弥陀经》一部，正面为手写楷体印刷版经文，背面布满其手抄行书墨迹，敦朴古雅，故谓。此经本之《香赞》乃吾所见之最优者，因特别，故附录之："心香乍爇，法界同熏，莲池海会悉遥闻，我佛起祥云，嘉瑞缤纷，接引愿方殷，嘉瑞缤纷，接引愿方殷。"

鹏　鸟

万里迢遥负气行，高秋吹息好长吟；

鹏程路笑峡江险，天上山迷玉垒深。

日挽扶摇留早照，夜含象影卸层阴；

十年一跃南天梦，更入新年喜不禁。

2007 年 9 月 28 日

谒周馥墓 ①

昔年秋浦起龙腾，今日飘零拜古坟；

空穴有灵早识我，钝才无用晚知君。

残麟落草斗秋水，败阙埋荒战暮云；

莫怪天风多著恶，直将书剑罢官军。

2007 年 9 月 29 日

---

① 乡贤周馥墓位于安徽省东至县官港镇。周公为官期间造福乡梓，善举颇多，但其墓却被乡人毁坏。

小庵里 ① 观西海彤云

庵外夕阳身半寒，独随流水兴秋浪；
周边彤色合山海，万朵莲花起念香。
昔语庄严未知乐，今从妙相初悔忙；
青峰直下泯灯火，莫使横江枕梦长。

2007 年 9 月 29 日

雪中吟

蓝关雪拥草堂前，杨柳披依冻紫弦；
一树春风归梦影，半生明月浸寒川。
彤云暗下山当寺，细雨空飞鸟作船；
自古闲人多尚尔，把诗吟向雪中天。

2007 年 10 月 2 日

① 小庵里：在安徽省东至县城附近。

游滴水寺 ①

寂寥佛祖远禅声，滴水烟微石殿清；
曙色千年留古壁，高情何日下红尘？
孔方 ② 洞隐佛光泪，香客心悬夜雨晴；
多少盲人骑黑马，光明崖下坠长生。

2007 年 10 月 4 日

日　出

曙色平明待日圆，兰溪无语亦无烟；
初生半壁窥沧海，复起彤云画碧天。
轮彩渐移东岭外，金光端坐古堂前；
莫辞好景空怅望，一日西飞似隔年。

2007 年 10 月 6 日

---

① 滴水寺：在安徽省东至县城附近。
② 孔方：古铜钱称谓。

观山寺 ①

青峰壁立俯寒江，袖里乾坤面面妆；
松傍禅房风定影，潭凝净水桂生香。
林蛩浸演三车 ② 梦，世路长沦五斗乡；
一抹微阳上宝顶，观音不语坐高堂。

2007 年 10 月 8 日

蜀地畅想

松斋高卧自乘凉，抱朴观天岁月长；
阶下绿苔亲倒柳，井中竹影上高墙。
心闲何处无真境？空相随缘有故乡；
莫道巴山风雨贵，神飞是处即西昌。

2007 年 10 月 9 日

---

① 观山寺：在安徽省东至县城附近。
② 三车：原喻佛教三乘，此处指佛事。

河西山水 [①]

翠岭停匀尧水西，寒林断隔漏烟霏；
米家山水 [②] 开真境，助我诗情画上题。

2007 年 11 月 7 日

磐公 [③] 祭

天道无情好作别，一抔文字葬荒堆；
空山孤旨向谁问？泪雨飞伤为尔咽。
百岁在前道不绝，万卉俱摧香不灭；
艺魂落寞初发轫，天誓功成起雄杰。

2007 年 11 月 12 日

---

① 河西山水：安徽省东至县城中之山水，其景至冬季绝妙，今已全毁。
② 米家山水：米芾所画之山水。
③ 磐公：刘磐，安徽省东至县人，诗书俱佳，不好时俗，独引吾为知己。著
《啸庐吟稿》诗集。

十　月

十月秋霜冷，支离草木喑；
古堂一夜雨，开卷百年心。
结习终难改，孤情自可矜；
春光老素约，片纸寄蛩音。

2007 年 11 月 23 日

溪　水

忧患何年去，兰溪此夜思；
山川留素影，松月待明时。
水古飞花冷，流长出谷迟；
一溪风缓缓，千里送江诗。

2007 年 12 月 6 日

吾 性

吾性本恬淡，波澜自可安；
心从晚岁许，业起早梅寒。
敢问红尘恶，休言路径宽；
诗书慰日夕，惯看青丝残。

2007 年 12 月 7 日

独 行

扰扰繁华里，往来唯数君；
天遗德性古，我坠孽缘深。
只道歌当酒，莫言泥望云；
滔滔谁挂眼？细语论晨昏。

2007 年 12 月 7 日

展　望

志远苍茫外，余生有望中；
云边常植柳，松下未扶筇。
真气倒江海，雷霆转世风；
天心一点月，应照晚梅红。

2007 年 12 月 8 日

柳　絮

柳丝拂面挂长堤，戏拟飞花作雪溪；
一笑惊寒三月苦，绿杨堆里噪黄鹂。

2008 年 2 月 3 日

冬日桃花

阴极阳生暖未真，桃花无果自为春；
立冬倍是无情日，骗取芳心戏煞人。

2008 年 2 月 3 日

蜂窝煤

坐漏中空真气多，根根焰力发心窝；
良才铸就贫民性，只为清寒送暖歌。

2008 年 2 月 3 日

吊曹雪芹

文纲不主姻缘理，却教红楼乱伪真；
一自奸人偷耳目，何时清景正钗裙？
奇情路断苍生误，大旨尘封世道昏；
一瓣心香龇巨眼，千峰障里吊芹魂。

2008 年 2 月 8 日

写何绍基《书麓山寺碑》

雅健深雄一点真，横空破雨现晴明；
神挟翠黛来衡岳，势裹真香下洞庭。
贞公^①接力磐公笑，晋水留鲜汉水迎；
应律何须花似锦，腊寒初现看花灯。

2008 年 2 月 10 日

自　况

石里进出一点真，奇情异彩芒森森；
尊贤不改疏狂性，入圣常怀鄙世心。
只为真声战远古，何劳恶语论肥轻？
诗魂邀我飞梅岭^②，纵揽风情自在吟。

2008 年 2 月 15 日

---

① 贞公：何绍基，字子贞。
② 梅岭：梅山，在安徽省东至县城附近。

答苏轼

谁贪翠盖拥红装？陡起湖边一夜霜；
散却青丝飞日月，蓬头折锦写秋光。

2008 年 4 月 19 日

得　意

豪情高过山城树，直遣长风邀李杜。
得意何须三百杯？一杯醉倒千山绿。

2008 年 5 月 13 日

定风波

老夫惯看人间事，天道何亏世道磨？
寄意闲身浑不觉，高情长许定风波。

2008 年 5 月 13 日

为　文

不慕离骚^①缀草莱，自提香柏作梁台；

新翻文字如苍狗，古意斑斓任剪裁。

2008 年 11 月 25 日

霜降听蛙鸣

大雪不见雪，霜降热纷纷；

平明闻鼓噪，错爱乱三春。

2008 年 11 月 26 日

观某先生小楷

难言老眼低，对镜看花迷；

薄雾随山醒，微阳敷水齐。

真声发老拙，个性自灵犀；

若解倪黄^②意，烟波散壑奇。

2008 年 12 月 15 日

---

① 离骚：《离骚》，屈原辞。
② 倪黄：倪瓒、黄公望。

集《龙颜碑》字七首

独 步

独步在南境，流风三代宗；
将军尚古道，太岁垂天功。
孝感会瑛哲，礼聘歌士风；
人情归望否，蝉蜕邈河东。

抗 俗

祖肃灵山峻，德门孝友多；
振缨均九例，敦土安千柯。
散骑宣天邑，充庭刊薜萝；
轺车重累迹，申古抗俗河。

文 章

文章礼大命，位运修天斧；
慷慨镇河岳，忠诚简帝府。
登山明道义，抚水兴风楚；
班固述修事，略输司马吐。

良　木

良木胜繁霜，辉光岂退藏？
风流千代远，高纵八方扬。
建树感玄泽，碑铭思凤翔；
楚国长硕子，黎庶记恩芳。

兰　声

邈邈当何世，兰声感旧邦；
清名播遐迩，仁义兴朝乡。
朱黻焉充室？文章可霸王；
道心若遂志，馈尔满庭芳。

源　流

源流清不滞，正本逮其功；
高木抚磐石，根存深固中。
昌黎三代古，殊轨万载风；
垂文法后世，玮玮颂天崇。

八 美

容貌伟于时伦，贞操超于友门；

温良遐迩必闻，独步卓尔不群。

三教游心敷陈，五经剖符幽明；

追怀瑛哲存真，福隆后嗣飞声。

2009 年 3 月 10 日至 15 日

论苏轼书风 [1]

峨眉山月下江波，一路风情一路歌；

赤壁遭逢寒食雨 [2]，势横江底镇盘陀。

2009 年 3 月 23 日

峨眉之梦

白雪蒙巅月笼烟，紫烟迷离掩故园；

我梦醒醐灌顶绿，青溪夜发作诗篇。

2009 年 3 月 24 日

---

[1] 苏轼因乌台诗案被贬黄州，书风有变。
[2] 寒食雨：出自苏轼《寒食诗》。

画堂西畔雨

画堂西畔雨，剪我东窗潮；
发我三绝唱，报我金错刀。
卷帘问秋月，神光披二毛；
挥刀作旧别，策马过兰桥。

2009 年 3 月 25 日

瑶草最关情

春光怜玉骨，难解是初心；
黄鹂浑欲啭，绿叶待成荫。
空谷半枝妙，烟波一径深；
荣衰休论我，瑶草最关情。

2009 年 3 月 26 日

集《西狭颂》字四首

道之危

两山临于谷，壁立造崔嵬；
车马困渊石，清风枏月帷。
所图无禹迹，为患有天威；
惴惴远行者，长歌叹道危。

清平露

敦诗明礼教，德义继门庭；
不念膺禄美，刻图能典城。
黄龙可破壁，福道不因陈；
天降清平露，惠斯静守人。

李翕

李翕治府国，静守唯其则；
博爱致嘉禾，宽严因恩设；
平夷动四方，欢悦歌君德。
对会无缘事，诈愚俾覆克；
清风咏汉水，直浚衡阳侧。

强 者

困哉集于木，险哉临于谷；

明敏造化工，殆哉不我覆。

弱者践其害，强者敦其福；

丰稔降斯人，广大致坚固。

2009 年 4 月 14 日至 16 日

集何绍基行书字·记梦三首

松 下

松下海翁状蟾蜍，伸肩举臂结跏趺；

前执哮虎蓬头坐，后引跨人捧钵踞。

水上月明犹在岸，杖中锡绉待擎珠；

螭龙若泛惊涛背，坐忘收功行自如。

拄 杖

拄杖踏螭者，乘流浩瀚飞；
鲛人随梦去，万里月明回。
水泛芭蕉绿，风平笑语微；
梦移松岸影，踞卷似狻猊。

偏 袒

偏袒右肩，延企蓬头；
拄杖念佛，龙止中流；
竹扇在手，狎舞忘忧；
戴笠驰雪，状如海鸥；
一日万里，脱履可收。

2009 年 4 月 17 日至 18 日

集《张猛龙碑》字四首

林之鹤

鹤栖上林，眷发天恩；
遐观玉阙，烟月妙承；
剖符儒道，退古养温；
孝悌出闾，移风千城；
高山仰止，从善如云；
是蹈唯德，乃依是仁；
灵源在震，景焕天文。

水之德

南阳所出，白水分源；
世备详录，盛德具延；
星移郁像，鸟兴渊玄；
巉岩浮汉，万壑始宣；
叶牍还朝，素轨可裁；
流威思晋，周秦中捐；
秋信其变，龙震神轩。

君之荷

贞信守志，白首青衿；

神资岳秀，桂仪兰心；

弱露怀芳，初惠当春；

君荷出水，朗若新蘅；

晓夕承奉，夏养冬温；

留我明圣，化怠安神；

唯德深恃，无惭黄金。

国之风

草石之变，思及泉木；

禽鱼自安，无心比目；

仁爱有怀，克修尚鲁；

君荫奉朝，雅风易俗；

野畔千里，云开林屋；

星汉飞声，其慕犹古；

且贞且信，国之威武。

2010 年 3 月 11 日至 15 日

西泠塔下

抱一山人晚不孤，岁寒常与道相娱；
西泠塔下结诗雨，洒向书山慰卜居。

2011 年 5 月 27 日

吾之生

我所思兮在太初，梦里投荒降楚隅；
山鬼折芳遗远止，仙人搅梦叩诗书。
红枫罩顶老岁月，皓首凌霜鉴青芜；
而今不问秋山路，一觉诗留西子湖。

2011 年 6 月 23 日

书之灵

枕上曾识君山处，醒来迷失君山路；
南北颠倒任东西，笔下茫然画死兔。
天生我才难入俗，天生法眼开拙骨；
任尔君山深九重，历历高标自可数；
我自高标破空来，笔底惊呼扞格苦。
幸得刘翁[①]写林逋，小园梅剪金刚杵；
三代[②]降魏参晋唐，沉沉十年穿今古；
源流一道自心明，千江齐汇何家浦[③]；
原来灵光恋潇湘，异彩奇情映巴蜀。
我撒千毫网江流，江上徒留漏网语：
吾之灵，在寂途，梦走奇穴难自睹；
吾之灵，在险途，注性摇山挫猛虎。
尔之为，三分卓，七分腐。

2011 年 6 月 24 日

---

① 刘翁：刘春霖，清末状元。其书法作品《山园小梅》（林逋诗）对吾影响巨大。
② 三代：商、西周、东周。
③ 何家浦：指何绍基。

楼头偶题

为我引杯添酒酬，与君击箸上楼头；
诗追国手徒虚妄，命压真心不自由。
举眼风光皆寂寞，满城风絮斗闲愁；
无名总被无端恼，五十三年折过秋。

2011 年 7 月 27 日

集刘孟伉行书字 · 听《将军令》

筑击惊弦听将军，诸文艺事会西泠；
诗成曲尽天云远，水调高怀牛渚声。

2011 年 9 月 23 日

集敦煌文书字 · 秋宫怨

羊车一去长青芜，更漏秋宫咽玉壶；
铺上月明莘夜冷，流苏触镜彩鸾孤。

2011 年 10 月 18 日

蛇年示二首

龙 蛇

龙蛇起变画①，供我笔头舞；
不作千年花，但求一夕古。
人间百事忙，唯我多闲杵；
杵杵有余情，欠之岁月补。

关 闭

关闭四围窗，开辟一条路；
关之一何急，辟之一何独。
久战不知年，犹留生死处；
无人可逼我，龙蛇偏光顾。
霭霭井上烟，依依挂老树；
不散留香雨，一缕天下富。

2013 年 1 月 27 日（腊月十六）

---

① 变画：变相之画。

盼雪二首

（一）

五九又逃寒，不见雪花舞；
蜘蛛荡四壁，苍蝇追亡逋；
布谷叫声奇，热浪扒皮褥。
世间百事哀，人是万恶主；
五色遇五毒，贻害不可补；
老在戕贼中，乐在儿时许；
悲哉莫问天，天亦为之苦。

2013 年 2 月 2 日

（二）

一去经冬暖，琼思石上耕；
春来几粒雪，跳断我窗棱。

2014 年 2 月 7 日

迎春二首

妙里春光

妙里春光草上行，远中证得近中魂；
韩公独下通神语①，惹得时人障眼昏。

掌上春光

掌上春光何处藏？溜之不复是归乡。
撸头一笔因风起，拍向青天作雁行。

2015 年 2 月 13 日

独取一苇秋

此字不随流，初心守渡头；
千帆看看过，独取一苇秋。

2015 年 9 月 22 日

---

① "韩公"句：见韩愈诗《早春呈水部张十八员外》。

中　秋

菰蒲泠泠烟漠漠，秋风暗展海天薄；
才思半缕嘘云霓，皓月一轮空挂阁。
泼墨不邀山雨来，敲棋独守灯花落；
月移西岭不须裁，自遣神交通大壑。

2015 年 10 月 21 日

志吾之首个书展二首

玄　花

玄花生五彩，笔下筑云台；
只为高情故，捧心四面裁。

心　头

心头一点墨生香，化作柔毫顶上光；
梦里仙人传此秘，凌云一笔发春江。

2016 年 5 月 28 日

龟　祭

小龟怜怜，结侣成双；

伺之满七，承欢在堂。

小龟怜怜，夏日苍苍；

错为补钙，安死东窗。

小龟怜怜，凫水不张；

其首微伸，其神安详。

小龟怜怜，呼且摸将；

不见回首，老泪两行。

小龟怜怜，黄帛裹缸；

掩之不忍，供以精粮。

小龟怜怜，并首朝江；

葬之象侧①，捧土为房；

盖我手印，击石留殇。

吾龟有灵，当下山梁；

乘流入海，顺天做王；

王之莫欺，慰我心狂。

呜呼哀哉，尚飨！

2016 年 6 月 18 日

---

① 小龟葬于白象山侧，梅公亭遗址处。

墨上行船

墨上行船纸上走，满船画意初开肘；
棹边残月易逃魂，镜里仙乡难措手。
势捋江声逮猛龙，心偏日影擒苍狗；
渔歌并作秋山梦，混沌一堂挂五柳。

2016 年 7 月 9 日

偶写王羲之《圣教序》

熠熠灵光跳眼前，毫头触处渺如烟；
何来鬼魅挑星逗，似去雷霆抱瓦眠。
海角传经耕太古，天边放鹤驾云船；
归来偶凑当年兴，圣意欣欣纸外旋。

2016 年 8 月 7 日

自　嘲

尧城叠嶂不嫌烦，困我行程寸步难；
抬眼问天天不语，长空过雁似飞船。

2016 年 8 月 8 日

作　诗

作诗有何难？款款指上弹。
云从指间出，飘上玉峰山。

2016 年 8 月 8 日

宗风阁

昨日秋光昏漠漠，今日秋光清廓廓；
明日秋光不可知，人生如斯难断捉。
我遣秋光上笔端，禾香一并墨香落；
深浅九重千江里，重重光影泛灵鹤；
此乃梦里发威光，醒来何曾见此着？

山谷^①公，宾虹^②老，依稀梦里恍如昨；

前启文脉一炷香，后开道心渊卓卓。

我执两端何所为？矫矫何处可托钵？

我才清也薄，我性醇也拙；

我心独而初，我意妙而确；

笔耕三十载，放意难自若；

孽缘三千丈，五鬼闹文恶；

和月推梦枕，九天翻雕鹗。

呵呵乎！该去自将去，任他影摸索；

该来自将来，大命有顾托。

秋光漠漠秋廓廓，助我魂飞宗风阁；

一任秋光放飞去，刮尽千峰翠剥啄。

2016 年 10 月 3 日

拜黄庭坚墓

玉山顶上一声啼，唤我魂飞双井鸡；

老祖园中新对眼，晴光呛血坠云衣。

2017 年 1 月 6 日

---

① 山谷：黄庭坚，号山谷道人。
② 宾虹：黄宾虹。

双井之灵

一眼洞穿是千年，梦魂常游双井边；
祖公灵骨今犹壮，佩我山川起砚田。

2017 年 1 月 7 日

咏黄庭坚

我自奔突六十年，回身四顾错周旋；
抬眼莫望青天碧，空空如也钓鱼船。
平生所交二三子，不及书中古圣贤；
周边恶俗不可居，日日幻坐西山前。
忽闻空中响霹雳，老祖汲断双井泉；
修水倒流风浪止，万山飞红暗天颜。
我观老祖三藏事，蒂芥如山拔天连；
黔南道上风雨恶，屠儿村侧伴鼠眠。
宜州抱被逃城郭，雨漏长索绞命钱；
一声"病足不能拜"，万壑水立断呜咽。
我祖流芳已千古，终成才德始于苦；
贤哲眼中无怪事，荆棘林中藏大虎。

2017 年 1 月 7 日

论黄庭坚文

至性为文无俗趣，情思妙在通真处；
祖公赤砚吞蛮龙，化骨消皮和血吐。

2017 年 1 月 11 日

黄庭坚草书初探二首

拈　来

拈来旭素①鸡，下公腹中卵；
古制翻新盘，今奇造绝版。
柔团万丈坚，聚引无方散；
放意安狂禅，天心月正满。

---

① 旭素：张旭、怀素。

老　夫

老夫着意自狂潮，妙手翻裁旭素刀。

借得神通开悟处，黄龙寺里点双眸 ①。

2017 年 1 月 13 日

剑指无方

年少轻狂到老求，何曾落魄下江流？

山川欲改青葱色，竹杖可裁翡翠楼。

万里云山都是客，半丝孤诣自封侯；

于今眉下拈花笑，剑指无方笑渡头。

2017 年 6 月 23 日

漏　妙

蛟龙入笔泻银河，助我情思正上波；

收取千江月下网，妙从深处逮无多。

2017 年 6 月 27 日

① "黄龙寺"句：黄龙寺位于江西省修水县幕阜山，黄庭坚曾于此问道开悟，而其故地双井恰似黄龙之双目。

题画二首

借 得

借得大虫一声吼，知音原在林中走；
白发三千丈天外，半落青峰作刍狗。

渔 父

渔父归何处，空悬一叶舟；
天边老绛色，醉卧山中秋。

2017 年 7 月 2 日

一 阳

一阳生纸上，墨彩发清漾；
不意破窗飞，频邀山色壮。

2018 年 1 月 1 日

眉掌之望五首

唤早茶

老眼不藏浊世沙，独留清骨丈山崖；
眉间鸟下千峰秀，入掌山光唤早茶。

拜铁茶

抖落红尘处士家，揽云不怕上危崖；
粗才眉下卷松雨，掌上观音拜铁茶。

焙野茶

眉剪浮云掌上玩，浪随天性拍山崖；
松风十里围山吼，势裹真香焙野茶。

兴月茶

不耻蜗牛斗角枒，直将心胆捣云崖；
眉间碧落翻天掌，落我山家兴月茶。

下酒茶

雕鹗高飞不用槎，九天折断紫云崖；
会心眉下撩一掌，报于安神下酒茶。

2018 年 1 月 4 日至 2018 年 1 月 7 日

观　云

不通世上事，只作云山游；
若问云山事，长生坠死头。

2018 年 1 月 24 日

自　省

毛毛雪上飘轻寒，敢遣柔花葬铁山；
扫秽空翻天地掌，诛心了问瘦肥颜。
浮生梦托牛升树，不死情飞月叩关；
可为一枝争活计，能持绝手对人寰？

2018 年 1 月 27 日

题　画

佝偻寻春难自持，身前步后错相知；
不知节序因缘起，愧对崖边一树诗。

2018 年 2 月 17 日

画字之思

写字不要好，挥挥即了了；
或问工与拙，莫若观荒草。
初心不可欺，求仁岂踞灶？
生性悖春时，纵意尚秋峤；
寄语大江横，狂来推山倒；
墨线走刀锋，虚光藏幽眇；
我师古人迹，用意在心妙；
声闻千载鸡，作我下蛋鸟；
亡形形自彰，功深神自矫。
字脱山水胎，混沌不见窍；

走笔盘山来，山环水自绕；

层层推丘壑，磅礴漏精巧；

峰挑柴门宴，筵罢送庄老；

还山吐新月，抚云栖树杪；

梦枕一点奇，欣欣留早照。

谁是空山主？万物归缥缈；

纸上演阴阳，杳杳泯昏晓；

居此真人地，羡煞山阴道^①。

2018 年 3 月 13 日

书　变

晚启朝暾散早霞，岂容老树绕昏鸦？

一苇渐变航天海，三岛初升傍寿崖。

且教仙人降碧落，还从纸素烁芳华；

笔头古意流新乳，清刚肃肃自横斜。

2018 年 6 月 25 日

---

① 山阴道：代王羲之。

举家于金鸡岭河谷泛排

秋水逃凡尘，泠泠映天阁；

无意寻仙子，光影掩山郭；

拄杖摇山光，鸿影飘自弱。

隔世观水云，前生似见我；

小鱼吐莲花，围杖话因果；

顾影两相忘，洇洇泯心火；

世事多浇薄，天伦自安妥。

2018 年 10 月 6 日

玉影双封 ①

碎杯声下落朱黄，犹似妄心当下息；②

玉影双封消外道，清光一撮空内壁。

桂花香似天花坠，书苑声从鹿苑寂；

大愿方从时下醒，闲摇笔线唱秋笛。

2018 年 10 月 17 日

---

① 安徽省东至一中校园内桂花一月两度开放，故吟此。
② "碎杯"二句：联想虚云和尚悟道事。

人

人是什么？如影过壁；

来只么来，去去无迹；

死不生威，生不死逼；

月融空天，相事明晰；

如佛按指，当下尘息。

至人无忧，凡夫丞丞；

日出雾起，夏开冰涤；

恶死生情，虞渊吹笛；

七步之灾，自煎何急。

我心不贼，空作霹雳；

灵智常满，春秋自揖；

大生无功，朝不问夕。

2018 年 11 月 3 日

夫人新辟菜圃

青青四行，欣欣临窗；
夜承雨露，日吻朝阳。
左右采之，兴我甘棠；
日日食之，养我胃囊；
康且永矣，不可思方。

2018 年 11 月 6 日

写《石门颂》四首

独取石门头

斧笔壮心游，隶山砍大秋；
长峰百十座，独取石门头。

推心源

或谓厚清奇，我谓野拙变；
六道推心源，频开山水卷。
笔下大风扬[①]，云山磨铁砚；
明者自当明，不明隔山转。

我心造我

石门之构，巧多于拙；
小境丛生，大境虚脱；
频生媚眼，暗中撩拨；
不及开通，正大开阔；
开通有亏，至境难夺；
不如从心，任性奔脱。
我心如渊，蜷真开物；
我心如炉，消祖灭佛；
我心如潮，推山填壑；
我心莽莽，天交地割；
我心造我，庶几可活。

①　大风扬：关刘邦《大风歌》诗。

重装再造

金刚杵下一团泥，不见原来骨肉皮；
安个吾心作主宰，重装再造厚清奇。

2018 年 11 月 12 日至 15 日

写《西狭颂》·独眼无尊

老聃笑我走西狭，独眼无尊牵篆牛；
古厚丛中发林莽，方雄道上思雨柔。
横斜颠倒鬼戡正，奔突往还神主留；
关吏回眸不看我，横眉一往上西楼。

2018 年 11 月 16 日

真 身

雨入深秋滴露台，云山不上碧天裁；
心头玉垒堆千座，哪个真身幻化来?

2018 年 11 月 25 日

云山无所托

一点悬空响，金针动日容；
云山无所托，帝子下天风。

2018 年 11 月 26 日

自　嘲

耕烟泼墨种瑶草，笔下仙人空了了；
作意难开大化身，天人不遇两头恼。

2018 年 11 月 26 日

早入风波

笔走风樯射日眸，玉山拢翠注江流；
飞飞不见推移力，早入风波下海牛。

2018 年 11 月 28 日

万里归巢

千载归来证宿身，烂柯不语对新人；
早年一梦风飘过，万里归巢始见真。

2018 年 11 月 28 日

千叶衔花

莫问秋空有几层，铁山研玉转真身；
文章已合天才老，千叶衔花葬旧魂。

2018 年 12 月 1 日

不死游魂

一正缘因九曲来，还从恶道反身裁；
九天月下空茫处，不死游魂恋鬼才。

2018 年 12 月 1 日

清明·悼先父 ^①

风动灵旗化雨声，春归久作碎心根；

孩儿一跪长难起，说与青山挂泪痕。

2019 年 4 月 5 日

临水不见愁

临水不见愁，初心发渡头；

一苇飞缥缈，翻作白云流。

回望青峰合，秋光老壮游；

撷此天成色，伴我下孤舟。

2019 年 4 月 6 日

五灵归

我驾白云来，不思白云衣；

挥之如敝屣，所恋在荆扉。

老树盘檐影，新阳漏室晖；

晴空下碧落，犹似五灵归。

2019 年 5 月 12 日

---

① 天底下真知我者，唯有先父。

梅公亭畔笔张狂九十三首

梅公亭，坐落于梅城白象山侧，紧傍文庙、学官，面对兰溪、寿山、南门岭。此地山川形势独妙，又因为历代古县治所，古建筑良多，历史文化积淀极为丰厚。惜尽毁。吾一一推梦还原，与之朝夕对话已三十四年矣！于今终有所悟。

抱一山人于梅公亭畔

2020 年 3 月

一枝横断

梅公亭畔笔张狂，倒起虬松挂石梁；
自有天根挽绝壁，一枝横断碧山苍。

渊深九道

梅公亭畔笔张狂，秋浦衔云濡墨香；
收拾心光沉海象，渊深九道下汪洋。

魂归一处

梅公亭畔笔张狂，频惹墨皇射老香；
心室原初桑梓地，魂归一处斗秋霜。

自　知

梅公亭畔笔张狂，松栎十围衔墨香；
旋转青山不用看，自知何处有仙乡。

自　辟

梅公亭畔笔张狂，纵墨飞花破老窗；
化作青峰一道景，环身自辟梅亭乡。

自　洗

梅公亭畔笔张狂，铁砚飞霜斗老阳[①]；
玉垒堆天思简妙，归秋自洗五云浆。

虚空镜里

梅公亭畔笔张狂，何惧如泥夜色长？
一点精光飞四壁，虚空镜里立刀郎。

① 老阳：《易》之四象之一。就四季言，夏为老阳。

我种奇情

梅公亭畔笔张狂，古意袭来似酒浆；
我种奇情浇野树，放之云岭散朝阳。

两无妨

梅公亭畔笔张狂，一半前生是故乡；
隙里光阴两地过，是人是鬼两无妨。

双　王

梅公亭畔笔张狂，秋雨磨锋声带霜；
梦里因缘谁是主？玉山双挑逮双王[1]。

真　香

梅公亭畔笔张狂，天发新功降古堂；
坐断江南人未老，尘生纸上恋真香。

---

[1]　"玉山"句：吾曾梦新殿内正壁突显"鲁斑"二字。

一片玉

梅公亭畔笔张狂，北入龙门①思故乡；
直取鄱湖②一片玉，挥挥笔润佛龛墙。

布衫不怕

梅公亭畔笔张狂，秋雨翻窗唤墨忙；
犹似春温入古道，布衫不怕添新凉。

铁里柔光

梅公亭畔笔张狂，势作山崩出渺茫；
铁里柔光不见字，惚惚一并剪秋霜。

鉴横塘

梅公亭畔笔张狂，不为他人做嫁妆；
卅载东溪一片月，欣欣助我鉴横塘。

---

① 龙门：即龙门石窟。
② 鄱湖：鄱阳湖，在江西省鄱阳县境内。

笑五猖

梅公亭畔笔张狂，三出鬼门笑五猖；
只为天人有约事，初心不见有仓皇。

邀混沌 ①

梅公亭畔笔张狂，独作奇峰挂浦樯；
耕出一方心海阔，长邀混沌坐中央。

关山一望

梅公亭畔笔张狂，老子骑牛我放羊；
放到无生无死处，关山一望是平常。

钟　声

梅公亭畔笔张狂，纸上秋风切玉香；
气敢凝霜殄异类，钟声撞破丰山堂 ②。

---

① 混沌：中央之帝，出自《庄子·应帝王》。
② "钟声"句：化韩愈之典。韩愈《上贾滑州书》："丰山上有钟焉，人所不可至，霜既降，则铿然鸣。盖气之感，非自鸣也。"

升熊作舞

梅公亭畔笔张狂，秋雨入心不见凉；
射隼裁山呵老树，升熊作舞拜清霜。

青不拔

梅公亭畔笔张狂，四尺①无边可万行；
执我壑松青不拔，一枝扫尽千山黄。

月明叶下

梅公亭畔笔张狂，似桂盘心敛子房；
待到中天花大发，月明叶下散精光。

生 翁②

梅公亭畔笔张狂，太古山安用险方；
独见生翁知性理，拙刀斜挑劈横梁。

---

① 四尺：指四尺屏。
② 生翁：指徐生翁。

偏　堂

梅公亭畔笔张狂，至性行藏大朴方；
莫谓荒天搅破杖，三千佛法供偏堂。

蠹虫无梦

梅公亭畔笔张狂，废纸堆山未满箱；
字里涅槃燃楚凤，蠹虫无梦啃黄粱。

齐璜^①

梅公亭畔笔张狂，不画桃虾作饭囊；
清骨难留太古相，俗河边上走齐璜。

傲钟王 ^②

梅公亭畔笔张狂，最喜生翁独逞强；
垩壁山词留野趣，拈来自立傲钟王。

---

① 齐璜：指齐白石。
② 钟王：指钟繇、王羲之。

气压秋光

梅公亭畔笔张狂，纸上荒荒灭雁行；
气压秋光一点黑，藏之心海放晴窗。

洪波起落

梅公亭畔笔张狂，一阵风摇驾水樯；
着意飘飘何所止，洪波起落比山长。

两面看

梅公亭畔笔张狂，收拾万缘作简妆；
四季风潮一笔写，中分两面看玄黄。

千山奔腕

梅公亭畔笔张狂，影对三人酒不凉；
一醉千山奔腕底，扁舟不必下襄阳①。

———————

① 下襄阳：参杜甫《闻官军收河南河北》诗。

自推墙

梅公亭畔笔张狂，纸上追风捕影忙；
不作风逃风自起，风中寂寂自推墙。

字外王

梅公亭畔笔张狂，字里功夫字外王；
技弄时人谈猛虎，不知弃器是君长。

玉里断砂

梅公亭畔笔张狂，我效良工治玉忙；
玉里钢砂玉里断，一腔清德洗皮囊。

平中富贵

梅公亭畔笔张狂，朴里幽光发暖阳；
此是平中大富贵，归心再战卅年强。

通体晴光

梅公亭畔笔张狂，四尺西山画夕阳；
通体晴光发浩渺，三行纵式摇真香。

汉魏丛中

梅公亭畔笔张狂，纸上秋风布雁行；
汉魏丛中发篆舞，不知六合去来方。

抗寒王

梅公亭畔笔张狂，字里春声唤古堂；
散缓琼枝开瘦骨，刀刀斫出抗寒王。

撼山一往

梅公亭畔笔张狂，秋意着装自短长；
若使泠风吹老树，撼山一往发真藏。

邀颢老 ①

梅公亭畔笔张狂，一念登楼到武昌；
我散青天邀颢老，侧身北望博陵长。

龙翻午夜

梅公亭畔笔张狂，梦里飞楼 ② 接古堂；
千丈状元桥下水，龙翻午夜正敲窗。

斫微茫

梅公亭畔笔张狂，秋雨久藏字骨香；
锋挫笔头擒老怪，诗心一点斫微茫。

高竿不取

梅公亭畔笔张狂，持钓飞舟似鸟翔；
拙饵沉江在万里，高竿不取惑鱼梁。

① 颢老：指崔颢，博陵人，有《黄鹤楼》诗。
② 飞楼：代指大成殿。

抻开劲骨

梅公亭畔笔张狂，纸上横秋阻大江；
剥落千花知简妙，抻开劲骨见山王。

自作经天小日月

梅公亭畔笔张狂，拙意不随草上墙；
自作经天小日月，冬秋不问夏春长。

师造化

梅公亭畔笔张狂，造化常师山水乡；
只是雪溪图①上景，难回纸上坐潇湘②。

寿山旁

梅公亭畔笔张狂，就石筑台架草房；
阶下一枝松入水，始知身在寿山旁。

---

① 雪溪图：指《雪溪图》，传王维作。
② 潇湘：指《潇湘图》，董源作。

字不降宋下

梅公亭畔笔张狂，三代^①古风立汉唐；
若遣聪明穿宋降，游心只合巧梳妆。

不认兰亭千载王

梅公亭畔笔张狂，不认兰亭千载王；
直取商周贞卜秘，横翻汉魏写强梁。

画个秋山

梅公亭畔笔张狂，墨气含香绕纸长；
画个秋山疏刮刮，新阳置顶挂明珰。

聚墨藏山

梅公亭畔笔张狂，聚墨藏山筑梵堂；
四面盘心不是我，开光秋色错临窗。

---

① 三代：此处指商、西周、东周。

自　拜

梅公亭畔笔张狂，小乘翻流大乘方；
渡己渡人元是一，全从自拜发威光。

诗推李王 [①]

梅公亭畔笔张狂，诗问百贤推李王；
貂意不嫌獾尾恶，只将心放助云扬。

藏真冰下

梅公亭畔笔张狂，早汲清霜饱胃肠；
钓断寒江燃楚竹，藏真冰下凿天光。

五彩石

梅公亭畔笔张狂，秋浦河边放野荒；
云影衔来五彩石，翩翩不嫁水中郎。

---

① 李王：指李白、李商隐、王维。

四季连心

梅公亭畔笔张狂，写我晴光赠老龙；
四季连心元是一，秋空也剪夏云裳。

调阴阳

梅公亭畔笔张狂，颠来倒去着意忙；
不作观音千万手，只翻云雨合阴阳。

龙之望

梅公亭畔笔张狂，气感西山化柏梁；
可叹龙吟揭顶去，东飞万里下汪洋。

天机搏象

梅公亭畔笔张狂，造意追风如使枪；
一点天机搏老象，沉沉气盖斯文堂。

声闻一路

梅公亭畔笔张狂，切纸昆刀带玉香；
犹似清霜裂夜月，声闻一路下禅房。

虚处通灵

梅公亭畔笔张狂，西岭托云兴早阳；
即不即兮钳大秘，实从虚处唤墨皇。

观听抱

梅公亭畔笔张狂，不作书奴讨饭忙；
独守愚溪[①]千丈石，观山听水抱云藏。

檐琉一滴梦

梅公亭畔笔张狂，气敛秋阳坠瓦当；
此是檐琉一滴梦，千年不灭慰山房。

---

① 愚溪：出自柳宗元文《愚溪对》。

发幽篁

梅公亭畔笔张狂，静对西山坐两忘；
入灭一声雷寂寂，袭来诗意发幽篁。

烧空不问

梅公亭畔笔张狂，笔意闲随秋意长；
废纸连山追野火，烧空不问凤求凰。

九层狱火

梅公亭畔笔张狂，汲古心投影上墙；
八面锋头何所自？九层狱火铸心王。

逼逼去

梅公亭畔笔张狂，金错刀开无错方；
一笔挥将逼逼去，管它龙虎鸭猪羊。

根根得月

梅公亭畔笔张狂，墨上清光见性香；
五体盘根通半偈，根根得月下千江。

先从悲怆写清凉

梅公亭畔笔张狂，万种风情示月殇；
欲启庄严迎早照，先从悲怆写清凉。

敲山退水

梅公亭畔笔张狂，勾漏入山访葛郎[①]；
笔上峰头不识药，敲山退水泻青黄。

古法参心

梅公亭畔笔张狂，古法参心是正常；
莫食他人牙上屑，频钻臭缝啃糟糠。

---

① "勾漏"句：勾漏山地处广西，传为葛洪炼丹处。安徽省东至县亦有葛洪遗迹之传说。

风涛眼里

梅公亭畔笔张狂，刀进侧身切板钢；
剥落星光流线舞，风涛眼里有神藏。

一苇境里

梅公亭畔笔张狂，墨线飞空笑雁行；
套路巡天不是法，一苇境里走无方。

轻轻一挑

梅公亭畔笔张狂，功发古堂时未央；
老梦沉沉随纸落，轻轻一挑剪秋芳。

金箍棒下

梅公亭畔笔张狂，笔路昂昂道不荒；
谁说悟能能有误？金箍棒下死刁尨。

射　幽

梅公亭畔笔张狂，字块冲崩蹦蟹螯；
爪角凌凌何所指？沉雷淬火射幽窞。

峰从九面

梅公亭畔笔张狂，字面功夫是死方；
字外神行不可说，峰从九面转潇湘。

平中撼透九天仓

梅公亭畔笔张狂，直教云梯化墨行；
一节光生一节势，平中撼透九天仓。

同光镜里

梅公亭畔笔张狂，看取云尖唤短章[①]；
掌上茶香共墨舞，同光镜里灭侯王。

---

① 云尖：指金鸡岭云尖茶；短章：代称小幅书作。

钓寒泷

梅公亭畔笔张狂，石坠高峰谁敢当？
千载虬松可接势，杈枒纵壑钓寒泷。

炉香一炷

梅公亭畔笔张狂，来去无心云退霜；
此是飞天迎大德，炉香一炷愿升堂。

峨山影落

梅公亭畔笔张狂，早梦惊回试老庞；
更续西天一片月，峨山影落醉平羌。

狡狯

梅公亭畔笔张狂，朴厚风生太古堂；
莫作奴才呆子相，直将狡狯绕云梁。

人性无真荒

梅公亭畔笔张狂，我效西门慢引漳[①]；
千亩邺田钟万斛，始知人性无真荒。

曲性旋心

梅公亭畔笔张狂，曲性旋心万里长；
若是毫端不识此，十将八九坠荒唐。

苍颜入纸

梅公亭畔笔张狂，拙意开新气正昂；
戡断古城一片月，苍颜入纸发清霜。

召南[②]颂下

梅公亭畔笔张狂，古意平怀去旧伤；
激楚追风常向北，召南颂下发甘棠。

---

① "我效"句：出自王充《率性论》。
② 召南：即《诗经·召南》。

寨旗底下

梅公亭畔笔张狂，笑看名家似虎狼；
技上追风斗地主，寨旗底下死钟王。

近取三碑 [①]

梅公亭畔笔张狂，近取三碑发圣光；
摇落玉峰千丈秀，呼之笔底供才粮。

磊翁 [②] 之亏

梅公亭畔笔张狂，创造不兴粉彩妆；
九秩磊翁亏大朴，空将劲力撞吾堂。

至 性

梅公亭畔笔张狂，至性推墙又破窗；
只合初心藏大野，画山不屑用金装。

[①] 三碑：指梅公亭碑、文庙碑、学宫碑。
[②] 磊翁：谢宗安号磊翁，台湾书家，原籍秋浦县（今属安徽省东至县）。1995
年东至一中设"谢宗安书法艺术陈列馆"，吾为第一任馆长。

脱　缰

梅公亭畔笔张狂，拙意飘云正脱缰；
万缕秋光来股掌，散之寥廓仗八荒。

久筹风雨振壶浆

梅公亭畔笔张狂，愚谷开坛自立王；
为报三千松竹士，久筹风雨振壶浆。

2019 年 7 月 25 日至 10 月 11 日

卷二　词

（2019 年 9 月至 2020 年 1 月）

寿
山
吟

与古词家对话一百首

己亥腊八前七十七天内，吾步古人词百首，谓"插了梅花好过年"，心情自是一快。其为文之开拓意义大而深广，远在《梅公亭畔笔张狂》系列诗之上。带镣咏舞，匆匆亦见妙处，若复填之，别才仍可一往乎？

抱一山人于梅公亭畔

2020 年 3 月

鹧鸪天 · 袖中云林（步晏几道）

　　记得当年撞破钟，丰山顶上万花红。一秋阻隔三千里，气动神摇万壑风。　　前世约，始相逢，毫端不遣与人同。今朝把酒何须看，天上云林在袖中。

附晏几道《鹧鸪天 · 彩袖殷勤捧玉钟》词：

　　彩袖殷勤捧玉钟，当年拚却醉颜红。舞低杨柳楼心月，歌尽桃花扇底风。　　从别后，忆相逢，几回魂梦与君同。今宵剩把银钜照，犹恐相逢是梦中。

鹧鸪天 · 和月飘飞（步秦观）

转眼蝉鸣翻旧闻，夏秋风坠树枝痕。流光抹去声无迹，不理穷思叹梦魂。　　刀化笔，对清樽，晨光斫却逮黄昏。今宵一撒流星雨，和月飘飞绕席门。

附秦观《鹧鸪天 · 枝上流莺和泪闻》词：

枝上流莺和泪闻，新啼痕间旧啼痕。一春鱼鸟无消息，千里关山劳梦魂。　　无一语，对芳樽。安排肠断到黄昏。甫能炙得灯儿了，雨打梨花深闭门。

鹧鸪天 · 天上烧云 （步辛弃疾）

　　天上烧云锻月芽，火轮未上气生些。林间虫鸟音声绝，障眼红光飞幻鸦。　　颠倒地，梦中斜，庄周化蝶错谁家？只因鬼魅无他事，挑逗凡夫莫须花①。

附辛弃疾《鹧鸪天·陌上柔桑破嫩芽》词：

　　陌上柔桑破嫩芽，东邻蚕种已生些。平冈细草鸣黄犊，斜日寒林点暮鸦。　　山远近，路横斜，青旗沽酒有人家。城中桃李愁风雨，春在溪头荠菜花。

---

　　① 莫须花：莫须有之花。

青玉案·放个归期（步贺铸）

巡山不蹈方回路，观其影，挥将去。势转长天云与度。老聃方略，闭门藏户，可晓吾心处？　　移情诗景晨牵暮，难与真身吐奇句。放个归期天已许：秋行江渚，冬飘玉絮，春夏裁时雨。

附贺铸《青玉案·凌波不过横塘路》词：

凌波不过横塘路，但目送、芳尘去。锦瑟华年谁与度。月桥花院，琐窗朱户，只有春知处。　　飞云冉冉蘅皋暮，彩笔新题断肠句。试问闲情都几许。一川烟草，满城风絮，梅子黄时雨。

青玉案·西霞影落（步辛弃疾）

西霞影落藏秋树，夜穿牖，星偷雨，晓即光天云铺路。是何神物，掌中翻覆，作我观心舞？　　拈来化境千丝缕，天与人谋送将去。功上无思真法度。几人拈得、浑头心絮，见性空茫处？

附辛弃疾《青玉案·东风夜放花千树》词：

东风夜放花千树，更吹落，星如雨。宝马雕车香满路，凤箫声动，玉壶光转，一夜鱼龙舞。　　蛾儿雪柳黄金缕，笑语盈盈暗香去。众里寻他千百度，蓦然回首，那人却在，灯火阑珊处。

一剪梅·独领恬军 ① (步李清照)

百丈红枫醉晚秋，叶举云裳，枝托云舟。欣欣不见山人来，舟自轻揉，月下琼楼。 福地寻天看水流，小境风骚，莫洗闲愁。古堂最喜战狼狂，独领恬军，十万苍头 ②。

附李清照《一剪梅·红藕香残玉簟秋》词：

红藕香残玉簟秋。轻解罗裳，独上兰舟。云中谁寄锦书来？雁字回时，月满西楼。 花自飘零水自流。一种相思，两处闲愁。此情无计可消除，才下眉头，却上心头。

---

① 恬军：蒙恬之军。传蒙恬造笔。
② 苍头：青巾裹头的士兵。

蝶恋花 · 圣意（步柳永）

秋雨如丝声细细，近捋星阳，远漏空天际。不必旋眸开异色，风烟早会登临意。　　汲古追风老来醉，山水行禅，调我真滋味。圣意不曾天问悔，莫将心力通枯悴。

附柳永《蝶恋花·伫立危楼风细细》词：

伫倚危楼风细细。望极春愁，黯黯生天际。草色烟光残照里，无言谁会凭阑意？　　拟把疏狂图一醉。对酒当歌，强乐还无味。衣带渐宽终不悔，为伊消得人憔悴。

蝶恋花 · 正觉（步欧阳修）

天上月楼高几许？空际堆云，欲问谁堪数？大地有情真绝处，几人识得通行路？　　佛性同方朝与暮。梦醒招缘，翻手无心住。正觉何曾空问语，漫随笔性开将去。

附欧阳修《蝶恋花 · 庭院深深深几许》词：

庭院深深深几许？杨柳堆烟，帘幕无重数。玉勒雕鞍游冶处，楼高不见章台路。　　雨横风狂三月暮。门掩黄昏，无计留春住。泪眼问花花不语，乱红飞过秋千去。

渔家傲·山魂（步范仲淹）

书事忘年翻诡异，毫端九曲通真意。悠闲心随云唤起。千嶂里，飘飘不与斜阳闭。　　月上西峰光万里，苍雄简妙千秋计。唤我山魂天接地。飞微雨，九天神女吹香泪。

附范仲淹《渔家傲·塞下秋来风景异》词：

塞下秋来风景异，衡阳雁去无留意。四面边声连角起。千嶂里，长烟落日孤城闭。　　浊酒一杯家万里，燕然未勒归无计。羌管悠悠霜满地。人不寐，将军白发征夫泪。

雨霖铃·双雄①座（步柳永）

　　心通刀切，点山钩水，劲厉无歇。犹行袖里秋讯，情留异处，精光生发。抚尔池摇泮水，浪飞断凝咽。且送目，牵水烟波，掌上翻心壮天阔。　　规章自古因人别，顺天行、创造推时节。今朝把酒吹万，尧水岸、捕风追月。造我山堂，供我、双雄座自天设。断不信、天种王侯，自可圆其说。

附柳永《雨霖铃·寒蝉凄切》词：

　　寒蝉凄切，对长亭晚，骤雨初歇。都门帐饮无绪，留恋处，兰舟催发。执手相看泪眼，竟无语凝噎。念去去、千里烟波，暮霭沉沉楚天阔。　　多情自古伤离别，更那堪、冷落清秋节！今宵酒醒何处？杨柳岸、晓风残月。此去经年，应是、良辰好景虚设。便纵有、千种风情，更与何人说？

---

　　① 双雄：吾曾梦"鲁斑"二字，"斑"乃文挑双王，故谓。

念奴娇·咏虚云和尚 ①（步苏轼）

　　水杯坠地，见心归寂眼，穿墙无迹。隔岸花明光与影，洞彻一江秋碧。玉宇澄清，仙人何在？梦醒清凉国。原心如镜，今生前世历历。　　年少欲报亲恩，踏翻锅灶，忏影参岩客。跪断三千云与路，苦尽天台朝夕。想见当年，松毛涧水，可作飞天翼。人沉江底，托身可断尘笛。

附苏轼《念奴娇·凭高眺远》词：

　　凭高眺远，见长空万里，云无留迹。桂魄飞来光射处，冷浸一天秋碧。玉宇琼楼，乘鸾来去，人在清凉国。江山如画，望中烟树历历。　　我醉拍手狂歌，举杯邀月，对影成三客。起舞徘徊风露下，今夕不知何夕！便欲乘风，翻然归去，何用骑鹏翼？水晶宫里，一声吹断横笛。

---

　　① 此词涉及虚云和尚修道事颇多，不作注释。见《虚云和尚年谱》。

念奴娇 · 还我狂年（步苏轼）

　　菊江①秋柳，雨戡落、枝上依依情物。远水平湖，天尽处、一线青黄贴壁。个里苍茫，蹉跎镜里，岁岁芦花雪。翻新如旧，莫知天造时杰。　　居老还我狂年，使群龙接侣，遮天齐发。吊饮清江，翻手处、千万灵光明灭。莫笑云头，苍苍无敌手，倒添华发。豪情一往，梦沉江底捞月。

附苏轼《念奴娇 · 大江东去》词：

　　大江东去，浪淘尽、千古风流人物。故垒西边，人道是、三国周郎赤壁。乱石穿空，惊涛拍岸，卷起千堆雪。江山如画，一时多少豪杰！　　遥想公瑾当年，小乔初嫁了，雄姿英发。羽扇纶巾，谈笑间、樯橹灰飞烟灭。故国神游，多情应笑我，早生华发。人生如梦，一尊还酹江月。

――――――――――

　　① 菊江：长江流经东至县的一段。

念奴娇·玉山 ①（步张孝祥）

　　玉山含露，浥青翠、添了云中风色。未到秋声穷鼓努，先上轻寒洗叶。树下新阳，欣欣漏影，不语透心澈。鸡冠高唱，声闻不见花说。　　闲妙偏爱孤途，别情独上，岭表招冰雪。不与炎凉翻世界，谁识关山雄阔？来自该来，去当该去，随遇皆缘客。拙才功远，大生非主一夕。

附张孝祥《念奴娇·洞庭青草》词：

　　洞庭青草，近中秋、更无一点风色。玉鉴琼田三万顷，着我扁舟一叶。素月分辉，明河共影，表里俱澄澈。悠然心会，妙处难与君说。　　应念岭表经年，孤光自照，肝胆皆冰雪。短发萧骚襟袖冷，稳泛沧浪空阔。尽吸西江，细斟北斗，万象为宾客。扣舷独笑，不知今夕何夕！

---

① 玉山：玉峰山，又名寿山。

念奴娇·嘉会新寻（步叶梦得）

好谈高格，渺昏波无际，随影浮沉。大日藏辉终有迹，鳞血侵破长阴。眼障横愁，真情不与，银海晦清深。状元桥下，梦托龙怨无吟。　　莫道真境难开，排云飞碧落，嘉会新寻。愿发中天谁接引？拙意翻手登临。省却时魔，瞒天欺我，盘弄布衣心。遂原初觉，雨花香暗词林。

附叶梦得《念奴娇·洞庭波冷》词：

洞庭波冷，望冰轮初转，沧海沉沉。万顷孤光云阵卷，长笛吹破层阴。汹涌三江，银涛无际，遥带五湖深。酒阑歌罢，至今鼍怒龙吟。　　回首江海平生，漂流容易散，佳期难寻。缥缈高城风露爽，独倚危槛重临。醉倒清尊，姮娥应笑，犹有向来心。广寒宫殿，为余聊借琼林。

永遇乐·执文窍（步辛弃疾）

孤影徘徊，待秋来与，终见归处。骨笛轻吹，巡天觅雁，只合风来去。新阳落草，香光拢袖，邀我醉心长住。想当年，浑头野性，可曾手刃岩虎？　　余生不似、风铃吹阁，翘首托心四顾。送往诗来，开新词去，参破归心路。纵推词境，不拈无有[①]，省却对锣说鼓。执文窍，通家国事，圣心在否？

附辛弃疾《永遇乐·千古江山》词：

千古江山，英雄无觅，孙仲谋处。舞榭歌台，风流总被，雨打风吹去。斜阳草树，寻常巷陌，人道寄奴曾住。想当年、金戈铁马，气吞万里如虎。　　元嘉草草，封狼居胥，赢得仓皇北顾。四十三年，望中犹记，烽火扬州路。可堪回首，佛狸祠下，一片神鸦社鼓。凭谁问，廉颇老矣，尚能饭否？

[①] 王国维论诗词之"有我之境"与"无我之境"，乃缘木求鱼，似是而非。

贺新郎·举杯去（步张元幹）

莫问秋光路，看西山、斑斓醉晚，举烟炊黍。底事山家开场圃，招我云旗斜注？前路转、峰头玉兔。一缕飞泉开天壁，乃山裁瘦水情中诉。秋唤我，举杯去。　　凉生袖口思残暑，笑寒螀、三车①坠道，瓦情难度。一入荒唐椎心苦，遍地嘶天噪语。辕北辙，南谟谁与？今古名词偏好此，恨山人拙眼难亲汝。且闭目，意千缕。

附张元幹《贺新郎·梦绕神州路》

梦绕神州路。怅秋风、连营画角，故宫离黍。底事昆仑倾砥柱，九地黄流乱注？聚万落、千村狐兔。天意从来高难问，况人情老易悲如诉。更南浦，送君去。　　凉生岸柳催残暑。耿斜河、疏星淡月，断云微度。万里江山知何处？回首对床夜语。雁不到、书成谁与？目尽青天怀今古，肯儿曹恩怨相尔汝？举大白，听金缕。

---

① 三车：喻佛教三乘，此处指佛事。

贺新郎·该出手（步刘克庄）

气厚吞山黑，壑森森，呛天杵浪，暗云如织。甫老[1]壮心标山阁，郁勃才雄千尺。物揽尽、江天异色。不负青衿忧国梦，哭苍生眼泪千般滴。三吏事，遍文迹。　　余生徒慕凌云笔。但从天、直心推去，眼空萧瑟。牙慧逢人翻口臭，风秀林中高客。无间处、胸襟独出。个里乾坤知多少，岂狂潮、一往江声寂？该出手，莫藏匿。

附刘克庄《贺新郎·湛湛长空黑》词：

湛湛长空黑。更那堪、斜风细雨，乱愁如织。老眼平生空四海，赖有高楼百尺。看浩荡、千崖秋色。白发书生神州泪，尽凄凉、不向牛山滴。追往事，去无迹。　　少年自负凌云笔。到而今、春华落尽，满怀萧瑟。常恨世人新意少，爱说南朝狂客。把破帽、年年拈出。若对黄花孤负酒，怕黄花、也笑人岑寂。鸿北去，日西匿。

---

[1] 甫老：指杜甫。

满江红·收云鹤（步苏轼）

劲气西来，风刀里、玉山卸碧。无漏处，换浮生景，著沉香色。未到树间光豁落，且将拙意邀迁客。借浮云，载过往时光，闲中说。　　天衍景，休误读。忘所自，山灵惜。镜光秋中老，算谁萧瑟？任笔翻裁皆是妙，随缘自已飘飘忽。霸一枝，敛万里风头，收云鹤。

附苏轼《满江红·江汉西来》词：

江汉西来，高楼下、蒲萄深碧。犹自带，岷峨雪浪，锦江春色。君是南山遗爱守，我为剑外思归客。对此间、风物岂无情，殷勤说。　　江表传，君休读。狂处士，真堪惜。空洲对鹦鹉，苇花萧瑟。独笑书生争底事，曹公黄祖俱飘忽。愿使君、还赋谪仙诗，追黄鹤。

念奴娇·掌上翻心折（步辛弃疾）

　　物情时序，于阴阳套里，妙翻时节。人歌人哭皆是境，供我去寒蝉怯。镜里飞花，光中遛影，不见心分别。人楼互怨，对空均是胡说。　　北上岭对南山，何曾失却、横贯东西月？翌日晴明天又起，霞染关山千叠。百鸟观风，丝阳千缕，掌上翻心折。余生斯是，岂能亏待华发？

附辛弃疾《念奴娇·野棠花落》词：

　　野棠花落，又匆匆过了，清明时节。划地东风欺客梦，一枕云屏寒怯。曲岸持觞，垂杨系马，此地曾经别。楼空人去，旧游飞燕能说。　　闻道绮陌东头，行人曾见、帘底纤纤月。旧恨春江流不尽，新恨云山千叠。料得明朝，尊前重见，镜里花难折。也应惊问，近来多少华发？

念奴娇·莫行呆问 (步李清照)

自南徂北，泮江三千里，随山开闭。其性穿钢裁正骨，全仗本心一气。自出洪荒，重峦设阻，怒吼千般味。万年一穴，串连奇功遥寄。　　临水不上高楼，顺天造物，自化无倚。老对人生安海岳，岂教风平又起？不理禅头，不求他与，只作山人意。莫行呆问：月明翻过头未？

附李清照《念奴娇·萧条庭院》词：

萧条庭院，又斜风细雨，重门须闭。宠柳娇花寒食近，种种恼人天气。险韵诗成，扶头酒醒，别是闲滋味。征鸿过尽，万千心事难寄。　　楼上几日春寒，帘垂四面，玉阑干慵倚。被冷香消新梦觉，不许愁人不起。清露晨流，新桐初引，多少游春意。日高烟敛，更看今日晴未？

渔家傲·柳卧溪桥（步王安石）

柳卧溪桥思水抱，水流不语梳秋草。烂漫不从身窈窕？心未到，不该叶落归风扫。　　满眼山光飞晓鸟，喳喳自谓巡山早。卖老不须倚老？蒙正好，阴阳理断山间道。

附王安石《渔家傲·平岸小桥千嶂抱》词：

平岸小桥千嶂抱，柔蓝一水萦花草。茅屋数间窗窈窕。尘不到，时时自有春风扫。　　午枕觉来闻语鸟，欹眠似听朝鸡早。忽忆故人今总老。贪梦好，茫然忘了邯郸道。

蝶恋花·大日（步冯延巳）

大日荒荒千丈坠，欲问参商，又转堂中寐。坐待穿空红日起，谁知翻手沉江水。　　梦醒侧身掀角纬，追忆凭栏，圆月无由闭。上下清光天问地，金乌何病通枯悴？

附冯延巳《蝶恋花·萧索清秋珠泪坠》词：

萧索清秋珠泪坠，枕簟微凉，展转浑无寐。残酒欲醒中夜起，月明如练天如水。　　阶下寒声啼络纬，庭树金风，悄悄重门闭。可惜旧欢携手地，思量一夕成憔悴。

鹧鸪天·尧水 （步辛弃疾）

　　尧水推山真灌夫，三千黛色涌心初。顺流南海参奇色，逆可江洲拜小姑①。　　尧水独，最知吾，遭风吹浪洗髭须。余生可待飘千尺，掀髯如同翻洛书。

附辛弃疾《鹧鸪天·壮岁旌旗拥万夫》词：

　　壮岁旌旗拥万夫，锦襜突骑渡江初。燕兵夜娖银胡䩮，汉箭朝飞金仆姑。　　追往事，叹今吾，春风不染白髭须。却将万字平戎策，换得东家种树书。

---

　　① 小姑：小姑山，即小孤山，吾地长江上游处。

临江仙·眼中（步冯延巳）

秋冷风干荒漠漠，谁言意兴阑珊？可翻长袖剪长寒。笔随心转，任尔墨阑干。　　欲证心天空是远，眼中未有王孙。早年好个岭头云，今为厌客，枉自锁晨昏。

附冯延巳《临江仙·冷红飘起桃花片》词：

冷红飘起桃花片，青春意绪阑珊。高楼帘幕卷轻寒。酒余人散，独自倚阑干。　　夕阳千里连芳草，风光愁煞王孙。徘徊飞尽碧天云，凤城何处？明月照黄昏。

水龙吟·龙行（步辛弃疾）

笔头轻挑云楼，病随秋去空无际。高天看我，旋晴一笑："三毛失髻，上效头陀，下收弥勒，可堪佛子。"此马牛诳语，无关齐楚。吾之事，神钳意。　　刀下无心可脍，困中飞，锋头知未？宏城藏拙，愚溪堪对，绝红尘气。可作龙行，呼天一念，披风来此！遂开流决壑，耕山移地，泻欢欣泪。

附辛弃疾《水龙吟·楚天千里清秋》词：

楚天千里清秋，水随天去秋无际。遥岑远目，献愁供恨，玉簪螺髻。落日楼头，断鸿声里，江南游子。把吴钩看了，阑干拍遍，无人会，登临意。　　休说鲈鱼堪脍，尽西风，季鹰归未？求田问舍，怕应羞见，刘郎才气。可惜流年，忧愁风雨，树犹如此！倩何人唤取，红巾翠袖，揾英雄泪！

桂枝香 · 才情（步王安石）

才情未了，挂野壁参方，快意端肃。犹有云花如瀑，涧花如簇。小心无意逢人说，更无须、倚天斜矗。化针悬谷，银光弹指，正声行足。　艺中事，盘心相逐。任水复山重，求证相续。其势隔山打虎，踢翻荣辱。天明何必千山晓，芭蕉真从雪中绿。合山家性，鉴溪头碧，度无弦曲。

附王安石《桂枝香 · 登临送目》词：

登临送目，正故国晚秋，天气初肃。千里澄江似练，翠峰如簇。征帆去棹残阳里，背西风，酒旗斜矗。彩舟云淡，星河鹭起，画图难足。　念往昔，繁华竞逐，叹门外楼头，悲恨相续。千古凭高对此，漫嗟荣辱。六朝旧事随流水，但寒烟衰草凝绿。至今商女，时时犹唱，《后庭》遗曲。

钗头凤·浮生一望（步陆游）

　　风推手，炉呼酒，百杯难醉邀柔柳。醪糟恶？金樽薄？射锥天石，用秋千索，错。错。错。　　心如旧，眸山瘦，浮生一望千层透。秋风落，思春阁，离奇心事，枉将真托，莫。莫。莫。

附陆游《钗头凤·红酥手》词：

　　红酥手，黄縢酒，满城春色宫墙柳。东风恶，欢情薄。一怀愁绪，几年离索。错！错！错！　　春如旧，人空瘦，泪痕红浥鲛绡透。桃花落，闲池阁。山盟虽在，锦书难托。莫！莫！莫！

忆秦娥·鲁斑壁 [①] 上（步李白）

江呜咽，无聊翻覆吞江月。吞江月，姮娥俯首，笑中谈别。　　人生好个清秋节，诗书梦里双奇绝。双奇绝，鲁斑壁上，墨浮烟阙。

附李白《忆秦娥·箫声咽》词：

箫声咽，秦娥梦断秦楼月。秦楼月，年年柳色，灞陵伤别。　　乐游原上清秋节，咸阳古道音尘绝。音尘绝，西风残照，汉家陵阙。

---

① 鲁斑壁：吾曾梦新殿落成，正壁赫然现"鲁斑"二字，遂衍生此词下阕。

望江东·我将来去自来去 (步黄庭坚)

　　风遣红尘截烟树，挡不了、心头路。我将来去自来去，地狱走，天堂住。　　秋霜扫却花无数，有碍境，无由与。只身早教慧分付，自天我，消朝暮。

附黄庭坚《望江东·江水西头隔烟树》词：

　　江水西头隔烟树，望不见、江东路。思量只有梦来去，更不怕、江阑住。　　灯前写了书无数，算没个、人传与。直饶寻得雁分付，又还是、秋将暮。

醉花阴·拢万里苍山（步李清照）

隔夜灵光飘旦昼，幻口吞香兽。吐气衍流云，但见波翻，难教清心透。　　原神归位中天后，势正偏盈袖。拢万里苍山，梦里庄严，还待青峰瘦。

附李清照《醉花阴·薄雾浓云愁永昼》词：

薄雾浓云愁永昼，瑞脑消金兽。佳节又重阳，玉枕纱厨，半夜凉初透。　　东篱把酒黄昏后，有暗香盈袖。莫道不销魂，帘卷西风，人比黄花瘦。

一剪梅·心钳二物（步蒋捷）

别意泠风似酒浇，云里扶摇，江影躬招。空茫进肘劈天桥，碎雨飘飘，碧落潇潇。　　我好炎天着敝袍，内擅风调，外御无烧。心钳二物赖天抛：石上灵桃，雪绿芭蕉。

附蒋捷《一剪梅·一片春愁待酒浇》词：

一片春愁待酒浇，江上舟摇，楼上帘招。秋娘度与泰娘桥，风又飘飘，雨又潇潇。　　何日归家洗客袍？银字笙调，心字香烧。流光容易把人抛，红了樱桃，绿了芭蕉。

临江仙·风刀自遣（步陈与义）

百战归来弓挂壁，案头转会文英。夜钳铁幕降无声。毫端推李杜，穿梦到天明。　　甲子登高词意老，观涛不见心惊。风刀自遣割阴晴。游心光影里，纳翠煮寒更。

附陈与义《临江仙·忆昔午桥桥上饮》词：

忆昔午桥桥上饮，坐中多是豪英。长沟流月去无声。杏花疏影里，吹笛到天明。　　二十余年如一梦，此身虽在堪惊。闲登小阁看新晴。古今多少事，渔唱起三更。

采桑子·丈旱阳（步冯延巳）

挥毫不理逢迎语。古意衔芳，老境清凉，朴厚翻裁九曲肠。　　古堂对月风生座。无意寻双，夜起云量，横就东方丈旱阳。

附冯延巳《采桑子·花前失却游春侣》词：

花前失却游春侣。独自寻芳，满目悲凉，纵有笙歌亦断肠。　　林间戏蝶梁间燕。各自双双，忍更思量，绿树青苔半夕阳。

画堂春·下云床 （步黄庭坚）

众山展逼自成江，条条唤我松窗。我随流水转回廊，步步蹈青凉。　　浪卷风回激楚，狂歌对镜飞光。高天许我下云床，截流逮山香。

附黄庭坚《画堂春·摩围小隐枕蛮江》词：

摩围小隐枕蛮江，蛛丝闲锁晴窗。水风山影上修廊，不到晚来凉。　　相伴蝶穿花径，独飞鸥舞春光。不因送客下绳床，添火炷炉香。

采桑子 · 自性翻流（步欧阳修）

　　山人不作书奴隶，笔气逶迤，聚墨推堤，自性翻流招鹤随。　　梦中拙笔抻天地，斗换星移，彩焕涟漪，月下清光绕指飞。

附欧阳修《采桑子·轻舟短棹西湖好》词：

　　轻舟短棹西湖好，绿水逶迤，芳草长堤，隐隐笙歌处处随。　　无风水面琉璃滑，不觉船移，微动涟漪，惊起沙禽掠岸飞。

菩萨蛮·雪（步温庭筠）

寒林夜月思明灭，转头冻地飞冰雪。早起看家山，紫烟推梦迟。　　晴光如古镜，谁与相辉映？山舞旧琼襦，所思非鹧鸪。

附温庭筠《菩萨蛮·小山重叠金明灭》词：

小山重叠金明灭，鬓云欲度香腮雪。懒起画蛾眉，弄妆梳洗迟。　　照花前后镜，花面交相映。新帖绣罗襦，双双金鹧鸪。

临江仙·山人决战在长平 [①] (步苏轼)

　　我好东坡文字饮，千杯未醉三更。梦魂渐起大风鸣。雁飞高迥黑，奇色下天声。　　不恨此身无大用，常思画角连营。山人决战在长平，书中之白起，坑俗祭狂生。

附苏轼《临江仙·夜饮东坡醒复醉》词：

　　夜饮东坡醒复醉，归来仿佛三更。家童鼻息已雷鸣。敲门都不应，倚杖听江声。　　长恨此身非我有，何时忘却营营？夜阑风静縠纹平。小舟从此逝，江海寄余生。

---

① 长平：战国军事家白起坑40万赵卒之地。

临江仙 · 山老正裁红（步鹿虔扆）

背对初阳光恋我，天寒无奈心空。平生万虑去无踪。闲情虚壁，闭目坐春风。　　早岁矶边玩彩石[①]，痴心直挂蟾宫。昏头捉月坠江中，逃生秋岸，山老正裁红。

附鹿虔扆《临江仙·金锁重门荒苑静》词：

金锁重门荒苑静，绮窗愁对秋空。翠华一去寂无踪。玉楼歌吹，声断已随风。　　烟月不知人事改，夜阑还照深宫。藕花相向野塘中。暗伤亡国，清露泣香红。

---

① "早岁"句：采石矶位于安徽省马鞍山市长江边，传李白于此捉月，溺水而亡。吾早年五次游此地。

临江仙·招引万壑风（步徐昌图）

　　天道有常无谬，放生享受飘蓬。凝寒正对晦重重。荒窗一夜雨，不理杏花红。　　幻我西山秋色，吟香问月朦胧。寰中人是最情浓。推开千嶂影，招引万壑风。

附徐昌图《临江仙·饮散离亭西去》词：

　　饮散离亭西去，浮生长恨飘蓬。回头烟柳渐重重。淡云孤雁远，寒日暮天红。　　今夜画船何处？潮平淮月朦胧。酒醒人静奈愁浓。残灯孤枕梦，轻浪五更风。

鹧鸪天 · 豁落声中归梦魂（步秦观）

和血吞牙是旧闻，眉峰挑翠转晴痕。云霞渐将千山壮，豁落声中归梦魂。　　呼大壑，斗清樽，余生煮酒论晨昏。青梅化了壶中结，醉我词林小洞门。

附秦观《鹧鸪天 · 枝上流莺和泪闻》词：

枝上流莺和泪闻，新啼痕间旧啼痕。一春鱼鸟无消息，千里关山劳梦魂。　　无一语，对芳尊，安排肠断到黄昏。甫能炙得灯儿了，雨打梨花深闭门。

渔家傲·洪波待发天门箭（步欧阳修）

玉镜衔光秋影浅，依依梦枕沙汀畔。入水金鸡河谷暗。山魂敛，幽幽怀缅形千面。　　个里神明谁可见？忘年知遇情何限。不作蛮牛生死恋。休言语，洪波待发天门箭。

附欧阳修《渔家傲·喜鹊填河仙浪浅》词：

喜鹊填河仙浪浅，云軿早在星桥畔。街鼓黄昏霞尾暗。炎光敛，金钩侧倒天西面。　　一别经年今始见，新欢往恨知何限？天上佳期贪眷恋。良宵短，人间不合催银箭。

小重山·声闻不上响泉琴（步岳飞）

岭上呦呦示鹿鸣，随风飘四野，旷三更。月光忘却带刀行，留山骨，何处退无明？　　真性自逃名，流光空万里，了无程。声闻不上响泉琴，翻手未，表里逗谁听？

附岳飞《小重山·昨夜寒蛩不住鸣》词：

昨夜寒蛩不住鸣。惊回千里梦，已三更。起来独自绕阶行。人悄悄，帘外月胧明。　　白首为功名。旧山松竹老，阻归程。欲将心事付瑶琴。知音少，弦断有谁听？

破阵子·好作螯虫 ①（步辛弃疾）

也拟兵家鏖战，纵横六合连营。纸上蒙恬飞虎将，发我心王传令声，数行坑万兵。　　不是天生情种，何来笔下心惊？我尚不才偏野拙，好作螯虫惹骂名，呛呛泊此生。

附辛弃疾《破阵子·醉里挑灯看剑》词：

醉里挑灯看剑，梦回吹角连营。八百里分麾下炙，五十弦翻塞外声，沙场秋点兵。　　马作的卢飞快，弓如霹雳弦惊。了却君王天下事，赢得生前身后名，可怜白发生！

---

① 螯虫：指带螯脚之虫。

太常引·小姑山^①（步辛弃疾）

　　荆江势接菊江波^②，陡立转心磨。耸翠问姮娥：失螺髻，天姿奈何？　　姮娥一笑，飘然无影，俏语漾天河：论下界娑婆，盗雅者、山姑最多。

附辛弃疾《太常引·一轮秋影转金波》词：
　　一轮秋影转金波，飞镜又重磨。把酒问姮娥：被白发、欺人奈何？　　乘风好去，长空万里，直下看山河。斫去桂婆娑，人道是、清光更多。

---

　　① 小姑山：又名小孤山。
　　② "荆江"句：小姑山处于荆江与菊江之间的长江中。

朝中措 · 独起声闻法炬 （步欧阳修）

隔山打虎气行空，猎物有无中。天壁停云无觉，不知林下惊风。　　浑头心撞，人言瓦缶，我谓洪钟。独起声闻法炬，不惭墨上诗翁。

附欧阳修《朝中措·平山栏槛倚晴空》词：

平山栏槛倚晴空，山色有无中。手种堂前垂柳，别来几度春风？　　文章太守，挥毫万字，一饮千钟。行乐直须年少，尊前看取衰翁。

浪淘沙·天地玄同（步欧阳修）

任尔暑寒风，我自从容。危山过了难河东。豁落风涛经绝处，翠拥千丛。　　来也去匆匆，妙意无穷。偏锋斫日泛霞红，犹似烂泥龟曳尾，天地玄同。

附欧阳修《浪淘沙·把酒祝东风》词：

把酒祝东风，且共从容。垂杨紫陌洛城东。总是当年携手处，游遍芳丛。　　聚散苦匆匆，此恨无穷。今年花胜去年红。可惜明年花更好，知与谁同？

双溪引 ① · 窗下芳草（步王雱）

窗下芳草尚轻柔，不屑载闲愁。情开四季，伴君孤意，枯老难休。　　阶前又到霜天早，细雨下高楼。精魂铺地，新诗满眼，捧上心头。

附王雱《眼儿媚·杨柳丝丝弄轻柔》词：

杨柳丝丝弄轻柔，烟缕织成愁。海棠未雨，梨花先雪，一半春休。　　而今往事难重省，归梦绕秦楼。相思只在：丁香枝上，豆蔻梢头。

---

① 此词原牌名"眼儿媚"，吾嫌其俗，改为"双溪引"。

双溪引·诗心不惑 （步范成大）

意气开张散云浮，盘礴解轻裘。何来顽石，笑山人事，总是摇头？　诗心不惑娑婆地，消了百年愁。梦中记忆，高情吞血，达敬天休。

附范成大《眼儿媚·酣酣日脚紫烟浮》词：

酣酣日脚紫烟浮，妍暖破轻裘。困人天色，醉人花气，午梦扶头。　春慵恰似春塘水，一片縠纹愁。溶溶泄泄，东风无力，欲皱还休。

少年游 · 高秋（步柳永）

高天秋旷小山桥，妙境胜春朝。水横碧落，为山写照，剪断玉峰腰。　　林中红叶游心晚，款缓过东皋。不作飞天，不翻地垅，入水梦云桡。

附柳永《少年游·参差烟树灞陵桥》词：

参差烟树灞陵桥，风物尽前朝。衰杨古柳，几经攀折，憔悴楚宫腰。　　夕阳闲淡秋光老，离思满蘅皋。一曲阳关，断肠声尽，独自凭兰桡。

鹊桥仙·松风阁 ① 上（步辛弃疾）

　　松风阁上，诗来词去，惊却山魂几度。文章自古憎命达，削块垒、孤心托处。　　苍天硬造，奇男怪女，不屑红尘语。提竿独自上云头，日日捣、蟾宫风露。

附辛弃疾《鹊桥仙·松风避暑》词：

　　松冈避暑，茅檐避雨，闲去闲来几度？醉扶孤石看飞泉，又却是、前回醒处。　　东家娶妇，西家归女，灯火门前笑语。酿成千顷稻花香，夜夜费、一天风露。

---

① 松风阁：处湖北省鄂州市。黄庭坚有《松风阁》诗。

夜游宫 · 尧城辩（步周邦彦）

梦里时光似水，倒灌了、千年仁里。不意濠梁遇庄惠[①]。待三人，辩尧城，凌俗市。　　妙意翻眉底，电四射、引天花坠。吾道高明舌不起。笑双贤，泻新腔，如故纸。

附周邦彦《夜游宫·叶下斜阳照水》词：

叶下斜阳照水，卷轻浪、沉沉千里。桥上酸风射眸子。立多时，看黄昏，灯火市。　　古屋寒窗底，听几片、井桐飞坠。不恋单衾再三起。有谁知，为萧娘，书一纸？

---

① 庄惠：庄周，惠施。

夜游宫·药解灵台里（步陆游）

笔下罡风骤起，扫碧落、挂山铺地。聚散无期射尧水。惑心源，乱惶惶，无着际。　药解灵台里，内制外、半层心纸。豁落机锋挫万里。若痴行，凤求凰，心早死。

附陆游《夜游宫·雪晓清笳乱起》词：

雪晓清笳乱起，梦游处、不知何地。铁骑无声望似水。想关河，雁门西，青海际。　睡觉寒灯里，漏声断、月斜窗纸。自许封侯在万里。有谁知，鬓虽残，心未死？

踏莎行·步韵填词（步晏殊）

步韵填词，锦囊翻遍，首当构意非常见。一团妙气入浑沦，瞬间立字千千面。　　迂者贫思，梁中锁燕，拾人牙屑啁啾转。不从心地发昂藏，只知后屋连前院。

附晏殊《踏莎行·小径红稀》词：

小径红稀，芳郊绿遍，高台树色阴阴见。春风不解禁杨花，濛濛乱扑行人面。　　翠叶藏莺，朱帘隔燕，炉香静逐游丝转。一场愁梦酒醒时，斜阳却照深深院。

苏幕遮·熟了山才（步范仲淹）

梦中来，耕雅地。不识红尘，偏向千峰翠。正值秋风吹瘦水，熟了山才，绚烂飞天外。　　字中情，何处思？脱去皮囊，送与无明睡。独立心王无所倚，眼底神灵，岂作昏天泪？

附范仲淹《苏幕遮·碧云天》词：

碧云天，黄叶地。秋色连波，波上寒烟翠。山映斜阳天接水。芳草无情，更在斜阳外。　　黯乡魂，追旅思，夜夜除非，好梦留人睡。明月楼高休独倚。酒入愁肠，化作相思泪。

离亭燕 · 独酌此中清 （步张升）

　　不看"江山如画"，休问"对秋潇洒"。只为拙情生霹雳，且教星光四射。迥下妙高岩，透彻田畴茅舍。　　皂树老藤高挂，诗性巧披低亚。枕断井栏光欸乃，对镜翻裁情话。独酌此中清，不必登高临下。

附张昇《离亭燕 · 一带江山如画》词：
　　一带江山如画，风物向秋潇洒。水浸碧天何处断？霁色冷光相射。蓼屿荻花洲，掩映竹篱茅舍。　　云际客帆高挂，烟外酒旗低亚。多少六朝兴废事，尽入渔樵闲话。怅望倚层楼，寒日无言西下。

行香子·一骑尘轻（步苏轼）

一骑尘轻，控手弦惊。翻江岸、风敛波平。嫦娥挂月，苇拥沙汀，想当年事，魂难醒，醉天明。　　字中悦性，挂断天屏。纷纷坠、陡起冈陵。阻江隔堰，划地逃名。此福中相，低眉看，万山青。

附苏轼《行香子·一叶舟轻》词：

一叶舟轻，双桨鸿惊。水天清、影湛波平。鱼翻藻鉴，鹭点烟汀。过沙溪急，霜溪冷，月溪明。　　重重似画，曲曲如屏。算当年、虚老严陵。君臣一梦，今古空名。但远山长，云山乱，晓山青。

行香子·捕风忙 (步秦观)

绕过村庄，穿过横塘。无人处，最可徜徉。吹花作雨，拨雾开光。摘天边云，颠头看，鉴玄黄。　　扬眉捉笔，汲古升堂。意正入，形走偏旁。朴翻翠黛，气主云冈。有我无耶？游魂处，捕风忙。

附秦观《行香子·树绕村庄》词：

树绕村庄，水满陂塘。倚东风、豪兴徜徉。小园几许，收尽春光。有桃花红，李花白，菜花黄。　　远远苔墙，隐隐茅堂。扬青旗、流水桥旁。偶然乘兴，步过东冈。正莺儿啼，燕儿舞，蝶儿忙。

唐多令·吼重楼（步吴文英）

吾意不言愁，天凉迎大秋。叹芭蕉、雨打飕飕，无雨也摇萧瑟意。山人怒，吼重楼。　　天老教谁休？长生不识流。出世情、入世真留。笑看千帆飘潦水，外迷内、锁心舟。

附吴文英《唐多令·何处合成愁》词：

何处合成愁？离人心上秋。纵芭蕉、不雨也飕飕。都道晚凉天气好，有明月，怕登楼。　　年事梦中休，花空烟水流。燕辞归、客尚淹留。垂柳不萦裙带住，漫长是、系行舟。

唐多令·湘水（步刘过）

　　春夏橘花洲，湘水逐北流。酿金风、接仲淹楼[①]。黛色参天来岳麓，一并作、洞庭秋。　　吟水调歌头，君山起舞不？若怡情、斑竹消愁。水底鱼龙当识我，为我唱：折东游。

附刘过《唐多令·芦叶满汀洲》词：

　　芦叶满汀洲，寒沙带浅流。二十年、重过南楼。柳下系舟犹未稳，能几日，又中秋。　　黄鹤断矶头，故人今在不？旧江山、浑是新愁。欲买桂花同载酒，终不似，少年游。

---

① 仲淹楼：代指岳阳楼。

小重山·知天有（步韦庄）

迁者逢春便恨春，如蝉鸣两季，乱仇恩。本心败意失中魂。咎自取，泪挂自残痕。　　野鹤不思阉，半枝光影里，了无门。平生意气简中论。知天有，岂恋世间昏？

附韦庄《小重山·一闭昭阳春又春》词：

一闭昭阳春又春。夜寒宫漏永，梦君恩。卧思陈事暗销魂。罗衣湿，红袂有啼痕。　　歌吹隔重阍。绕亭芳草绿，倚长门。万般惆怅向谁论？凝情立，宫殿欲黄昏。

定风波·双子剑^①（步欧阳炯）

树上杈桠织密纱，朝暾如火漏红霞。拙剑锻钢寻宝法，谁看？光芒一段自芳华。　　近影端凝清历历，追古，静思猛力助心花。托起青天双子剑，出鞘，刺翻宫月落吾家。

附欧阳炯《定风波·暖日闲窗映碧纱》词：

暖日闲窗映碧纱，小池春水浸晴霞。数树海棠红欲尽，争忍，玉闺深掩过年华。　　独凭绣床方寸乱，肠断，泪珠穿破脸边花。邻舍女郎相借问，音信，教人羞道未还家。

① 双子剑：指夏日清晨东方天空射出的两道直线。

风入松·转头笔下（步俞国宝）

　　赏花省却买花钱，野花漫无边。我心不在花丛里，鞭缩地，移驻江前。万里滔滔如箭，不曾进退秋千。　　杏花雨里看秋天，冬雪又纠偏。人生四望风飘影，心无漏、可锁云烟。恍若仙人织褾，转头笔下金钿。

附俞国宝《风入松·一春长费买酒钱》词：

　　一春长费买花钱，日日醉湖边。玉骢惯识西湖路，骄嘶过、沽酒楼前。红杏香中箫鼓，绿杨影里秋千。　　暖风十里丽人天，花压鬓云偏。画船载取春归去，余情付、湖水湖烟。明日重扶残醉，来寻陌上花钿。

风入松 · 心圆最是全生（步吴文英）

老藤绕梦到天明，似唤散盘铭[①]。人工纵识天机妙，求通识、不在多情。难遣长林飞舞，立生屈听灵莺。　　山如丛篆裹茅亭，不掩玉楼晴。管它鬼手通何处，向苍茫、其意坚凝。放纵无须收取，心圆最是全生。

附吴文英《风入松 · 听风听雨过清明》词：

听风听雨过清明，愁草瘗花铭。楼前绿暗分携路，一丝柳、一寸柔情。料峭春寒中酒，交加晓梦啼莺。　　西园日日扫林亭，依旧赏新晴。黄蜂频扑秋千索，有当时、纤手香凝。惆怅双鸳不到，幽阶一夜苔生。

---

① 散盘铭：散氏盘铭文。

千秋岁·古城环外（步秦观）

古城环外，山举云峰退。逃缓与，将穿碎。周天一桶碧，侵断眸思带。寻大野，放心不作笼中对。　　欲际风云会，当去边头盖，空四极，真情在。供吾登台舞雩，老境翻心改。其妙也，沉沉一粒珠明海。

附秦观《千秋岁·水边沙外》词：

水边沙外，城郭春寒退。花影乱，莺声碎。飘零疏酒盏，离别宽衣带。人不见，碧云暮合空相对。　　忆昔西池会，鹓鹭同飞盖。携手处，今谁在？日边清梦断，镜里朱颜改。春去也，飞红万点愁如海。

千秋岁 · 大风转（步王安石）

梦入行营，征催画角，醒至方知错寥廓。星光不曾照见处，忽忽似有诗飘落。转微茫，入精警，境非昨。　　真性不关名利缚，方可吐云环翠阁。可笑山人情难却，当初苦熬不肯降，今生梦守前生约。正逢时，大风转、乾坤着。

附王安石《千秋岁 · 别馆寒砧》词：

别馆寒砧，孤城画角，一派秋声入寥廓。东归燕从海上去，南来雁向沙头落。楚台风，庾楼月，宛如昨。　　无奈被些名利缚，无奈被他情担阁。可惜风流总闲却。当初漫留华表语，而今误我秦楼约。梦阑时，酒醒后，思量着。

清平乐·诗来天半 (步李煜)

　　诗来天半，莫与神仙断。落字初行时见乱，妙意圆中渐满。　　道亏雅性无凭，别才笔下通灵。犹似春藏秋素，始知斑斓前生。

附李煜《清平乐·别来春半》词：

　　别来春半，触目柔肠断。砌下落梅如雪乱，拂了一身还满。　　雁来音信无凭，路遥归梦难成。离恨恰如春草，更行更远还生。

清平乐·毫端（步晏殊）

心头无字，饱揽苍茫意。一念吞江天接水，万种风情追寄。　　毫端托起西楼，飞檐挑月如钩。剪取蟾宫倩影，轻轻击碎中流。

附晏殊《清平乐·红笺小字》词：

红笺小字，说尽平生意。鸿雁在云鱼在水，惆怅此情难寄。　　斜阳独倚西楼，遥山恰对帘钩。人面不知何处，绿波依旧东流。

清平乐·黠鼠①（步辛弃疾）

　　天生黠鼠，独跳橐中舞。可教红天翻素雨，流布诗心密语。　　云头纵下江南，嘤嘤慰我苍颜。原是髯翁②尤物，欣欣赠我仙山。

附辛弃疾《清平乐·绕床饥鼠》词：

　　绕床饥鼠，蝙蝠翻灯舞。屋上松风吹急雨，破纸窗间自语。　　平生塞北江南，归来华发苍颜。布被秋宵梦觉，眼前万里江山。

---

① 此词发端于苏轼《黠鼠赋》文。
② 髯翁：即苏轼。

虞美人 · 立定江山主（步宋无名氏）

　　转头世事千秋变，聚散生戕乱。狗飞鸡跳错关情。月明星朗了无声，下三更。　　达生岂作仓皇顾？立定江山主。任它檐井百重霜。大风扬起写云乡，截微茫。

附宋无名氏《虞美人·帐前草草军情变》词：

　　帐中草草军情变。月下旌旗乱。褪衣推枕怆离情。远风吹下楚歌声，正三更。　　抚雏欲上重相顾，艳态花无主。手中莲锷凛秋霜，九泉归去是仙乡，恨茫茫。

西江月·收拾原心（步张孝祥）

　　因境随时得笔，无须问取何年。打鱼竿钓水中船，世事千奇卜面。　　野性自生真趣，不雕恰合怡然。水银泻地性知天，收拾原心一片。

附张孝祥《西江月·问讯湖边春色》词：

　　问讯湖边春色，重来又是三年。东风吹我过湖船，杨柳丝丝拂面。　　世路如今已惯，此心到处悠然。寒光亭下水连天，飞起沙鸥一片。

忆余杭·远水怀天（步潘阆）

　　幽谷无人，远水怀天光寂寂。谁来岭下荡轻舟，镜里剪清秋？　　浪山环坠清光里，入水恋情风扶起。子陵^①无处下钓竿，退守客星寒。

附潘阆《忆余杭·长忆西湖》词：

　　长忆西湖，尽日凭阑楼上望：三三两两钓鱼舟，岛屿正清秋。　　笛声依约芦花里，白鸟成行忽惊起。别来闲整钓鱼竿，思入水云寒。

---

　　① 子陵：严光，字子陵。余杭人，葬客星山。

最高楼 · 我所好 (步辛弃疾)

千山阻，尧水总知归，幽邈探音稀。转心何必滔滔说，出山更莫话逢时。自消除、心底结，泻长诗。　　我所好、座边飞浩雪，抑或是、掌中飘皎月。经过了，总是痴。老来自觉风霜好，酿成妙境慰清知。看天头，云霭霭，放怀迟。

附辛弃疾《最高楼 · 长安道》词：

长安道，投老倦游归，七十古来稀。藕花雨湿前湖夜，桂枝风淡小山时。怎消除？须殢酒，更吟诗。　　也莫向、竹边辜负雪，也莫向、柳边辜负月。闲过了，总成痴。种花事业无人问，惜花情绪只天知。笑山中，云出早，鸟归迟。

更漏子·儿煮梦（步贺铸）

　　小黄昏，迷五柳，送别折之伤手。[1]儿煮梦，到今秋，山光老月楼。　　秦桑绿，低枝久，燕草碧连苍首。[2]意切切，不知愁，痴心扶醉头。

附贺铸《更漏子·上东门》词：

　　上东门，门外柳，赠别每烦纤手。一叶落，几番秋，江南独倚楼。　　曲阑干，凝伫久，薄暮更堪搔首。无际恨，见闲愁，侵寻天尽头。

---

① "送别"句：关灞桥折柳之典故。
② "秦桑"三句：关李白《春思》诗。

浣溪沙 · 浅耕亦见老龙鳞（步辛弃疾）

岂为迷津唤渡频？一苇驶去碧流新，浅耕亦见老龙鳞。　　水上风平山落幕，泓中追影剪停云，即心是岸绿杨村。

附辛弃疾《浣溪沙 · 北陇田高踏水频》词：

北陇田高踏水频，西溪禾早已尝新，隔篱沽酒煮纤鳞。　　忽有微凉何处雨？更无留影霎时云，卖瓜声过竹边村。

天仙子·霹雳斧中开秘径（步张先）

　　对眼墨痕持耳听，颠倒始知魂梦醒。灵源声似石中藏，难入境，空思景，事起前生今记省。　　一笔自分明与瞑，两极并头谁见影？分明心底大风扬，真性出，偏才静，霹雳斧中开秘径。

附张先《天仙子·水调数声持酒听》词：

　　水调数声持酒听，午醉醒来愁未醒。送春春去几时回？临晚镜，伤流景，往事后期空记省。　　沙上并禽池上暝，云破月来花弄影。重重帘幕密遮灯，风不定，人初静，明日落红应满径。

伤春怨·看穿皮囊处（步王安石）

两岸封江树，枉对洪波无数。问尔截江流，风马牛迷心路。　看穿皮囊处，不见朝连暮。吐气可吹云，莫绕笔，游山去。

附王安石《伤春怨·雨打江南树》词：

雨打江南树，一夜花开无数。绿叶渐成阴，下有游人归路。　与君相逢处，不道春将暮。把酒祝东风，且莫恁、匆匆去。

卜算子·诗经之境 ① （步苏轼）

　　残月掩东门，穿牖方知静。谁唱蒹葭踏水来？无处追霜影。　　汉广可方思，莫道先知省。南有嘉鱼纸上游，兰桨空知冷。

附苏轼《卜算子·缺月挂疏桐》词：

　　缺月挂疏桐，漏断人初静。谁见幽人独往来，缥缈孤鸿影。　　惊起却回头，有恨无人省。拣尽寒枝不肯栖，寂寞沙洲冷。

---

　　① 此词化用《诗经》意境。

卷二　词

169

卜算子·举我心涛百丈裁（步李之仪）

　　纸上斩蛟龙，只见龙之尾。其势飘飘不可摧，倒卷一江水。　　此水有余情，去我情难已。举我心涛百丈裁，其刃坚如意。

附李之仪《卜算子·我住长江头》词：

　　我住长江头，君住长江尾。日日思君不见君，共饮长江水。　　此水几时休？此恨何时已？只愿君心似我心，定不负相思意。

忆少年·飞檐试新梦（步晁补之）

门开天镜，仙风直下、蟾宫清客。其形傍座首，恍如春秋隔。　　岂是空头云漏碧？可思量、旧楼踪迹。飞檐试新梦，洞穿千年色。

附晁补之《忆少年·无穷官柳》词：

无穷官柳，无情画舸，无根行客。南山尚相送，只高城人隔。　　畷画园林溪绀碧。算重来、尽成陈迹。刘郎鬓如此，况桃花颜色！

忆少年 · 邀山鬼水怪（步曹组）

　　一心发动，眉尖挑起、兰亭风色。邀山鬼水怪，论天涯孤客。　　自古心安情自得，故追寻、谢公①踪迹。栏杆笑多事，任酸风乱拍。

附曹组《忆少年·年时酒伴》词：

　　年时酒伴，年时去处，年时春色。清明又近也，却天涯为客。　　念过眼光阴难再得，想前欢、尽成陈迹。登临恨无语，把阑干暗拍。

①　谢公：即谢灵运。

酒泉子 · 自家时节（步温庭筠）

天宇漏香，常教月如红豆。总相思，情主旧，话衷肠。　　不关桥
鹊架河梁，全是自家时节。雨该来，风不歇、撼山狂。

附温庭筠《酒泉子·罗带惹香》词：

罗带惹香，犹系别时红豆。泪痕新，金缕旧，断离肠。　　一双娇
燕语雕梁，还是去年时节。绿阴浓，芳草歇，柳花狂。

西江月·莫从指缝漏今朝（步柳永）

水为西山开镜，荡舟不见云摇。桨声轻上柳条梢，翻动晴光不觉。　　我好推山沉水，豪情换取江醪。莫从指缝漏今朝，一任山沟骗了。

附柳永《西江月·凤额绣帘高卷》词：

凤额绣帘高卷，兽环朱户频摇。两竿红日上花梢。春睡厌厌难觉。　　好梦狂随风絮，闲愁浓胜香醪。不成雨暮与云朝，又是韶光过了。

河渎神 · 江月同舟（步孙光宪）

心雨正葱茏，偏教山崩座前。一层境地百重天，共神呼鬼联翩。　　我好游心翻两极，江月同舟相忆。万丈海量胎息，不关浮水鹓鹕。

附孙光宪《河渎神·江上草芊芊》词：

江上草芊芊，春晚湘妃庙前。一方卵色楚南天，数行斜雁联翩。　　独倚朱栏情不极，魂断终朝相忆。两桨不知消息，远汀时起鹓鹕。

忆秦娥·开怀坐拥初霞红（步贺铸）

晓朦胧，踏翻残月人匆匆。人匆匆，裁昏去懒，洗净秋空。　　玉山高挑尧城东，开怀坐拥初霞红。初霞红，铺天一抹，遍地灵风。

附贺铸《忆秦娥·晓朦胧》词：

晓朦胧，前溪百鸟啼匆匆。啼匆匆，凌波人去，拜月楼空。　　去年今日东门东，鲜妆辉映桃花红。桃花红，吹开吹落，一任东风。

好事近·意凝石心碧（步秦观）

世路总颠连，踏尽不平风色。行到月溪深处，化虬松千百。　　风回万里验真身，意凝石心碧。莫道关山堪妙，或谓知游北^①。

附秦观《好事近·春路雨添花》词：

春路雨添花，花动一山春色。行到小溪深处，有黄鹂千百。　　飞云当面化龙蛇，夭矫转空碧。醉卧古藤阴下，了不知南北。

---

① 知游北：出自《庄子·知北游》。

谒金门·南国不迁（步冯延巳）

禅风起，机杼挑开云水。似见光芒飞表里，性花空托蕊。　　半缕才情自倚，可取青云偏坠。南国不迁功自至，后皇嘉树喜。①

附冯延巳《谒金门·风乍起》词：

风乍起，吹皱一池春水。闲引鸳鸯香径里，手挼红杏蕊。　　斗鸭阑干独倚，碧玉搔头斜坠。终日望君君不至，举头闻鹊喜。

①　"南国"二句：从屈原《橘颂》文中化出。《橘颂》原文："后皇嘉树，橘徕服兮。受命不迁，生南国兮。深固难徙，更壹志兮。"

谒金门·迎春（步韦庄）

　　无所忆，飞雪布春消息。节气推时天自醒，不教千处觅。　　莫叹东风无力，来去自规行迹。渐到春时天寂寂，我心如海碧。

附韦庄《谒金门·空相忆》词：

　　空相忆，无计得传消息。天上嫦娥人不识，寄书何处觅？　　新睡觉来无力，不忍把伊书迹。满院落花春寂寂，断肠芳草碧。

霜天晓角 · 神仙供（步辛弃疾）

　　不知年尾，不念人千里。自享神仙供，饮文字，心归此。　　何来聊发矣？老夫狂不醉。真性断开凡壳，微茫处，游心耳。

附辛弃疾《霜天晓角 · 吴头楚尾》词：

　　吴头楚尾，一棹人千里。休说旧愁新恨，长亭树，今如此！　　宦游吾倦矣，玉人留我醉。明日落花寒食，得且住，为佳耳。

生查子 · 送时人（步晏几道）

东海卷潮来，一滴开南浦。南浦立粗才，且断凡尘苦。　　杨柳舞婆娑，只解花间语。背柳送时人，还问相逢否？

附晏几道《生查子 · 坠雨已辞云》词：

坠雨已辞云，流水难归浦。遗恨几时休？心抵秋莲苦。　　忍泪不能歌，试托哀弦语。弦语愿相逢，知有相逢否？

生查子·玄思（步朱淑贞）

凡胎满眼明，理入无明昼。久困鸟樊笼，谁见拈花后？　　庄周梦蝶心，岂止无新旧？万物可干人，莫谓风翻袖。

附朱淑贞《生查子·去年元夜时》词：

去年元夜时，花市灯如昼。月上柳梢头，人约黄昏后。　　今年元夜时，月与灯依旧。不见去年人，泪湿春衫袖。

点山骨·丰山^①（步冯延巳）

气感秋光，听钟人在丰山住。断桥遗路，云洞飘门户。　　曾有韩公，误入山人处。留醒语，转风呼絮，救护苍生去。

附冯延巳《点绛唇·荫绿围红》词：

荫绿围红，飞琼家在桃源住。画桥当路，临水开朱户。　　柳径春深，行到关情处。鞶不语，意凭风絮，吹向郎边去。

---

① 此词牌原为"点绛唇"，因嫌其俗而改为"点山骨"。丰山：出自韩愈《上贾滑州书》。

点山骨 · 好个行禅（步周邦彦）

水寂花闲，林间风静蝉吟暑。觉游丝举，飘老夫心絮。　　好个行禅，渐入归元处。无延伫，自消尘苦，省却三通鼓。

附周邦彦《点绛唇 · 台上披襟》词：

台上披襟，快风一瞬收残暑。柳丝轻举，蛛网黏飞絮。　　极目平芜，应是春归处。愁凝伫，楚歌声苦，村落黄昏鼓。

点山骨 · 己亥推新（步苏轼）

己亥推新，延年人健常高宴。文起山甸，对隔千秋观。　绕取乔松，风色来天半。心追远，抚琴戡乱，犹似排秋雁。

附苏轼《点绛唇 · 不用悲秋》词：

不用悲秋，今年身健还高宴。江村海甸，总作空花观。　尚想横汾，兰菊纷相半。楼船远，白云飞乱，空有年年雁。

八六子·三才① 祭（步秦观）

古长亭、对秋山晚，蟾宫月色初生。叹梦奠三才合祭，雅心崩失文魂，与谁共惊？　　摩天楼树亭亭，夜月久逃新梦，错牵醉眼怡情。怎奈向、风骚不知流水，结思情滞，抚琴神短，不见矫矫西山锁雾，茫茫东海横晴。愣心凝，嗷嗷剑鸣数声。

附秦观《八六子·倚危亭》词：

倚危亭，恨如芳草，萋萋刬尽还生。念柳外青骢别后，水边红袂分时，怆然暗惊。　　无端天与娉婷，夜月一帘幽梦，春风十里柔情。怎奈向、欢娱渐随流水，素弦声断，翠绡香减，那堪片片飞花弄晚，蒙蒙残雨笼晴。正销凝，黄鹂又啼数声。

---

① 三才：即词之开篇所列之长亭、秋山及月亮。

八声甘州·问雪（步柳永）

对飘风骤雪下云头，奇情掩三秋。乃天公泄苦？杜娥迁怨？恨起姮楼？抑或戮龙狂子①，百战气纠休，残甲飞寰宇，功怕亏流？　　我自临高拄嶂，了黄天问病，宿雪轻收。唤金乌回壁，著热为王留。玉龙吟、泻千山翠，载我游、天际下飞舟。沧江路，荡开双桨，挑断闲愁。

附柳永《八声甘州·对潇潇暮雨洒江天》词：

对潇潇暮雨洒江天，一番洗清秋。渐霜风凄紧，关河冷落，残照当楼。是处红衰翠减，苒苒物华休。惟有长江水，无语东流。　　不忍登高临远，望故乡渺邈，归思难收。叹年来踪迹，何事苦淹留？想佳人、妆楼颙望，误几回、天际识归舟。争知我，倚栏杆处，正恁凝愁！

---

① 狂子：指张元。其《咏雪》诗句云："战罢玉龙三百万，败鳞残甲满天飞。"《西清诗话》谓其"狂子"。

蝶恋花·绝逢此处寻仙草（步苏轼）

青嶂抵天攒月小。峰瘦云摇，水瘦山魂绕。为避诗才真性少，绝逢此处寻仙草。　　作意云山钻鸟道，自比神行，不比鸳鸠笑。晓月鸣风推梦悄，开帘迟检新诗恼。

附苏轼《蝶恋花·花褪残红青杏少》词：

花褪残红青杏小。燕子飞时，绿水人家绕。枝上柳绵吹又少，天涯何处无芳草。　　墙里秋千墙外道。墙外行人，墙里佳人笑。笑渐不闻声渐悄，多情却被无情恼。

水龙吟·补胎儿泪（步苏轼）

　　我从何处游魂，肉团偏向人间坠？不争气息，闷声抗世，绝凡尘思。好个浑头，粪箕遮眼，裹尸难闭。梦中磨了了，鬼颠人意。青丝白，罡风起。　　莫道天恩有悔，老偏狂，奇情牵缀。耕山削壁，捕风沉水，影团天碎。披剪云衣，沤之大壑，灌青苍水。念初生落魄，苍颜托露，补胎儿泪。

附苏轼《水龙吟·似花还似非花》词：

　　似花还似非花，也无人惜从教坠。抛家傍路，思量却是，无情有思。萦损柔肠，困酣娇眼，欲开还闭。梦随风万里，寻郎去处，又还被、莺呼起。　　不恨此花飞尽，恨西园、落红难缀。晓来雨过，遗踪何在，一池萍碎。春色三分，二分尘土，一分流水。细看来，不是杨花，点点是离人泪。

满江红·与曹公①对话（步柳永）

星夜洪波，来远古、自兴秋落。光影里，荡魂摇魄，气喧铃索。上下苍茫消百障，浩思直上中洲阁②。想当初，此是仲宣楼③，伤漂泊。　去去景，烟漠漠。留碣石，昆刀削。翻身流东国，似龙将跃。今借沧海观墨象，行藏总合春秋约。曹公笑，谓尔者仁人，还山乐。

附柳永《满江红·暮雨初收》词：

暮雨初收，长川静、征帆夜落。临岛屿、蓼烟疏淡，苇风萧索。几许渔人飞短艇，尽载灯火归村落。遣行客、当此念回程，伤漂泊。　桐江好，烟漠漠。波似染，山如削。绕严陵滩畔，鹭飞鱼跃。游宦区区成底事？平生况有云泉约。归去来、一曲仲宣吟，从军乐。

---

① 曹公：指曹操。其有《观沧海》诗。
② 阁：原作此处之韵脚为"落"，与前同，故改为"阁"。
③ 仲宣楼：王粲，字仲宣，有《登楼赋》。

沁园春·论东坡居士（步辛弃疾）

　　游罢西川，纵意回旋，势逼皖东。正长河剑舞，破珠碎玉；系龙束马，斜月张弓。蜀阁飘云，峨眉拢翠，入水精灵蟠劲松。苍山裂，跳荡排天出，开合寰中。　　江流叠境千重，开一路文才夺众峰。数东坡居士，大江吟壁；寒凝破灶，转失雍容；孤鹤横江，车轮碾梦，佛性开花无果公。修心路，似小舟摇屋，烟水迷蒙。

附辛弃疾《沁园春·叠嶂西驰》词：

　　叠嶂西驰，万马回旋，众山欲东。正惊湍直下，跳珠倒溅；小桥横截，缺月初弓。老合投闲，天教多事，检校长身十万松。吾庐小，在龙蛇影外，风雨声中。　　争先见面重重，看爽气朝来三数峰。似谢家子弟，衣冠磊落；相如庭户，车骑雍容。我觉其间，雄深雅健，如对文章太史公。新堤路，问偃湖何日，烟水蒙蒙？

蝶恋花·志吾步词百首（步范成大）

一叠新词抛旧面，不觉江移，百鸟穿西岸。翅下风涛随鸟转，归巢无意云山远。　　气感千秋情未晚。小庙陈词，吊古风飚遍。岁杪祭春文不贱，似蚕倚柞抽芳茧。

附范成大《蝶恋花·春涨一篙添水面》词：

春涨一篙添水面，芳草鹅儿，绿满微风岸。画舫夷犹湾百转，横塘塔近依然远。　　江国多寒农事晚。村北村南，谷雨才耕遍。秀麦连冈桑叶贱，看看尝面收新茧。